W0287952

LA RÉPARATION

DU MÊME AUTEUR

L'INCREVABLE MONSIEUR SCHNECK, Stock, 2006.
SA PETITE CHÉRIE, Stock, 2007.
VAL DE GRÂCE, Stock, 2008.
UNE FEMME CÉLÈBRE, Stock, 2010.

COLOMBE SCHNECK

LA RÉPARATION

BERNARD GRASSET
PARIS

Photo de la bande : © Jérôme Bonnet.

Photos in-texte : archives familiales.

ISBN 978-2-246-78894-2

Tous droits de traduction, de reproduction
et d'adaptation réservés pour tous pays.

© *Editions Grasset & Fasquelle, 2012.*

« On n’est plus victime de rien, même de l’arbitraire, du pire, de ce qui détruit la vie, quand on le décrit avec ses mots *propres.* »

David Grossman

« La vie de chacun d’entre nous n’est pas une tentative d’aimer. Elle est l’unique essai. »

Pascal Quignard, *Vie secrète*

Pour Salomé.

Mary a été sélectionnée le 26 octobre 1943, avec ses petits enfants, Salomé et Kalman. Quelques jours après, ils ont été gazés à Auschwitz.

Ce 26 octobre 1943, en allant vers la mort, Mary, mon arrière-grand-mère, a uni dans un même mouvement la vie et la mort, les vivants d'aujourd'hui et Auschwitz. Tout cela je ne l'ai appris que récemment.

Ma mère, Hélène, m'avait pourtant encouragée à l'écouter.

J'étais enceinte, elle m'avait proposé, comme si elle me demandait une faveur, « si tu as une fille, tu pourrais lui donner en deuxième prénom Salomé ? C'était celui de ma cousine dont il ne reste rien ». J'entendais ce prénom, Salomé, pour la première fois.

Je ne l'ai pas interrogée plus avant. Et je lui ai répondu négligemment, « pourquoi pas ». Comme si cela n'avait pas tant d'importance. Mon fils est né, ma mère est morte et j'ai oublié son souhait. Hélène vivait dans ce monde où quelques-uns ont survécu, les autres sont morts. J'étais dans l'innocence de ce monde-là.

En 2003, deux ans après la disparition de ma mère, ma fille est née. Elle s'appelle Salomé parce qu'une amie me l'avait conseillé, « tu ne trouves pas que c'est un beau prénom ? », et c'est ainsi que je me suis souvenue, presque par hasard, du vœu de ma mère. Salomé est née et j'étais paniquée. Comment pourrais-je continuer à vivre, si ma fille mourait à son tour ?

Salomé a passé sa première nuit à la maison, je me suis endormie et très vite réveillée après un premier cauchemar. Ma mère me téléphonait. Impossible, elle n'est plus là, je le sais, je me répétais dans mon sommeil, elle insiste, je la prends au téléphone. Je vais pouvoir lui annoncer la naissance de Salomé. Cela lui fera tellement plaisir. Elle raccroche. Je n'ai pas eu le temps de lui parler.

Je me réveille, étourdie, et me rendors aussitôt. Cette fois, ce sont des hommes barbus, armés de couteaux. Ils tentent d'ouvrir la fenêtre de la chambre de Salomé. Je les repousse, ferme la fenêtre. Ils disparaissent. Je me réveille, sans comprendre.

Salomé Bernstein, dont ma fille porte le beau prénom, était la fille de Raya, la sœur de ma grand-mère maternelle Ginda.

Ma grand-mère Ginda est née en 1908 en Lituanie dans une famille juive, aimante, cultivée. Elle avait deux sœurs, Raya et Macha, et un frère, Nahum, qui sont restés vivre en Lituanie, quand Ginda a choisi de venir faire ses études en France en 1924 et s'est mariée avec un médecin d'origine russe. Ma mère Hélène est née, puis mon oncle Pierre. De Salomé, il ne reste qu'une photo.

La date, le 1er juillet 1939, et ce nom, A Panemunè, sont inscrits à l'encre bleue en haut à droite de cette photo. J'ai longtemps cru que A Panemunè était le nom du photographe, avant de découvrir que Panemunè est un faubourg de Kovno, « un des plus beaux lieux de la Lituanie où le fleuve Niémen fait une boucle », où se trouve le Quatrième Fort, un des lieux d'exécution du ghetto de Kovno.

Un couple et une petite fille. Salomé a deux ou trois ans, elle est blonde, les cheveux coupés au carré, une raie sur le côté, un sourire malicieux. Elle porte une robe brodée blanche. Salomé est assise non pas à califourchon sur les épaules de son père, mais entièrement sur son épaule droite. Il la soutient avec son bras droit, son bras gauche enlace sa femme, Raya, la sœur de ma grand-mère Ginda. Raya a relevé sa main gauche afin de tenir la main de son mari. Elle porte un tailleur blanc, une blouse à fleurs, le regard vif, une raie sur le côté elle aussi, les cheveux bruns ramenés en arrière, un fin bracelet-montre en or au poignet. Lui s'appelle Max Bernstein. Déjà un peu chauve, la ceinture de son pantalon un peu trop serrée, en chemise et cravate. Ils posent devant une maison en bois, on devine une fenêtre, des rideaux en dentelle, un toit couvert de tuiles, un numéro de rue, le 19.

Une photo lumineuse prise en Lituanie dans une famille juive le 1er juillet 1939. Je n'ai jamais vu cette photo chez ma grand-mère.

Ginda dévisageait seule le regard de sa sœur, de sa nièce, de son beau-frère, n'osant montrer cette photo à personne. Elle ne l'a sortie qu'en 1990, l'emmenant avec elle au mémorial de Yad Vashem à Jérusalem afin de remplir la première fiche de témoignage sur les trente et un membres de sa famille proche disparus pendant la guerre. Pour celle consacrée à sa nièce Salomé, elle a joint cette photo. Une photo qu'elle n'a jamais montrée à sa fille. Hélène m'avait dit de Salomé « il ne reste rien d'elle, même pas une photo ». Entre Hélène et Ginda, il y avait ce silence autour de cette absente, Salomé. Ni image, ni paroles échangées.

J'ai retrouvé par hasard une copie de cette photo sur le site du mémorial de Yad Vashem. Elle est posée sur le linteau de la cheminée de ma chambre. Je regarde Salomé et ses parents et je les supplie, « Quittez, quittez la Lituanie, ce pays bientôt maudit ». Ils ne m'entendent pas.

Salomé, Max et Raya Bernstein

Les deux sœurs de ma grand-mère Raya et Macha ont vécu une première vie avant la guerre. Raya a étudié le piano, s'est mariée avec Max Bernstein, un avocat, beaucoup trop gentil pour être un grand avocat. Elle a eu une petite fille Salomé née en 1936 ou en 1937. Macha, après des études de droit, a épousé un médecin. Ils ont eu un petit garçon Kalman, né en 1940. Je connaissais les prénoms de Raya et de Macha, sans rien connaître d'elles vraiment. Ma grand-mère Ginda prononçait très souvent leurs noms, « Raya et Macha ». « Raya et Macha », « Raya et Macha », répétait Ginda.

Ces prénoms sonnaient comme une mystérieuse incantation.

Le prénom de Salomé, la fille de Raya, je ne l'avais jamais entendu. Quand, le

1er février 2003, ma fille Salomé est née, Ginda avait quatre-vingt-seize ans, elle était dans la détresse d'avoir perdu sa fille Hélène. Elle est venue embrasser son arrière-petite-fille. Salomé criait. Ginda ne semblait pas entendre. Elle la trouvait ravissante malgré ses pleurs. Je n'ai pas interrogé Ginda sur Salomé, la première Salomé, sur ses sœurs Raya et Macha. Ginda aurait peut-être été enfin prête, c'était le moment ou jamais, le moment de ce qui aurait pu ressembler à une réparation. Une nouvelle Salomé venait de naître, elle hurlait, elle était ravissante, elle était vivante. Ginda aurait pu me dire ce qu'elle avait appris quand elle était allée à Munich, en 1946, retrouver et entendre ses sœurs qui avaient survécu. Elle ne m'a rien dit. Je ne l'ai pas non plus questionnée. Comment dire la mort et le retour à la vie des survivants ? C'était, pour elle, indécent. Elle m'observait m'occuper de ma fille, la vêtir avec soin, l'admirer. Ginda semblait ravie de cette naissance. Le reste était inexplicable.

Ma mère Hélène n'a évoqué Salomé qu'une seule fois. Lorsqu'elle m'avait priée d'une voix inquiète, comme si elle me demandait d'exaucer pour elle un souhait, qu'il me serait très difficile d'accomplir. Donner comme deuxième prénom, à mon enfant qui allait naître, celui de Salomé, « sa cousine dont il ne restait rien ». Et moi, j'avais répondu avec désinvolture « pourquoi pas », sans assurer ma mère de mon choix. Cette désinvolture n'était qu'un masque.

J'avais compris très tôt que ce qui avait trait à la guerre et à la Lituanie, ce qui concernait la vie et la survie de Raya et Macha, la mort de Salomé, tenait de l'ordre du secret et du miracle, qu'il fallait protéger de tout. Ne rien savoir était, je le croyais, une manière de les protéger. Je respectais enfant puis adulte, face à ma mère Hélène, à ma grand-mère Ginda, une nécessité secrète de ne pas les encombrer de tourments supplémentaires. Elles avaient déjà trop pleuré. Il fallait les laisser tranquilles dans leur tristesse et leur silence, ne pas poser de questions.

Une seule fois, la détresse est évoquée. Ma grand-mère mentionne un chèque qu'elle a reçu d'Allemagne en « réparation ». Elle me propose, j'ai huit ans, d'aller aux Galeries Lafayette « acheter la plus belle poupée ». On prend le bus, on traverse la Seine, on va dans ce grand magasin. Au rayon Jouets, des dizaines de poupées, rondes, blondes, aux lèvres roses sont alignées. Aucune ne me plaît. Je me mets à pleurer, je ne veux aucune poupée. Je n'arrive pas à faire plaisir à ma grand-mère, choisir la plus belle poupée, payée par les Allemands, avec l'argent de la « réparation ». Je les trouve toutes laides ces poupées. Nous rentrons toutes les deux, elle me tient par la main. Elle ne me demande pas pourquoi je ne voulais pas de poupée, je ne lui demande pas pourquoi les Allemands veulent la « réparer ». Rien ne pourra réparer sa détresse. Sa main tiède ne quitte pas la mienne.

Je me suis d'abord trompée.

Je me disais c'est trop facile, tu portes des sandales en chevreau mordoré, tu te complais dans des histoires d'amour impossible, tu aimes les bains dans la Méditerranée et tu crois qu'une fille comme toi peut écrire sur la Shoah ? Car c'est bien de cela qu'il s'agit. La cousine de ma mère, Salomé, ses oncles et tantes, ses cousins, ses grands-parents vivaient en Lituanie avant la guerre. Une communauté dont il ne reste rien. 95 % des Juifs lituaniens ont été tués. Les liens avec ce pays, la Lituanie, où ma grand-mère est née, où ma mère passait des vacances, enfant, ces liens ont été effacés. Depuis 1945, Ginda et Hélène, la mère et sa fille sont restées silencieuses. Ginda n'a jamais raconté à sa fille Hélène ce qui était arrivé à sa grand-mère, à ses tantes et oncles, à sa cousine Salomé, à son cousin, le petit Kalman. Certains avaient survécu, d'autres étaient morts, il n'y avait rien à ajouter.

En parlant, j'ajouterais de la peine à la peine. Et donnant ce beau prénom de Salomé à ma fille, j'ai fait peser sur elle une malédiction que je ne connaissais pas.

Ma grand-mère maternelle Ginda est née en 1908 à Poniwej.

Elle évoquait parfois cette petite ville aux maisons de bois, où il faisait si froid. Elle avait gardé des habitudes de son pays, le thé très sucré, bu dans un verre avec une anse, de la Kacha, une graine d'orge qu'elle préparait pour ses petits-enfants.

La Lituanie, le pays natal de ma grand-mère, est un pays plat du nord de l'Europe où une communauté juive est installée depuis le XIIe siècle. On y menait une vie prospère, les Juifs étaient artisans, commerçants, professeurs, la vie intellectuelle et universitaire était foisonnante. Universités, théâtres, journaux, écoles, potagers où poussaient aubergines et concombres, malgré les invasions russes, polonaises, une vague de pogroms au XIXe, la vie pour les Juifs de Lituanie était bonne. La Lituanie est devenue indépendante après la Première Guerre mondiale, une république démocratique. Pour les Juifs, cette période d'entre les deux guerres est un « âge d'or ». Ils sont des citoyens avec une véritable autonomie culturelle. Dans le principal quotidien en yiddish, il y avait un supplément littéraire de dix pages, et tous les jours, un poème en première page. Les sœurs de ma grand-mère écrivaient des poèmes, la poésie appartenait à leur vie quotidienne.

Dans cet « âge d'or », l'antisémitisme est discret. Certaines fonctions administratives sont interdites aux Juifs, il existe des quotas d'entrée à l'université.

Un ami de ma grand-mère a émigré en Argentine car il n'a pas obtenu de place à la faculté de droit à cause de ces quotas. Mais quand on lui demandait pourquoi il voulait partir vivre en Argentine, il se justifiait ainsi : « J'ai appris que dans *El Diario*, le grand journal argentin, le supplément littéraire contient quinze pages. Il faut que je parte vivre dans ce pays. »

L'humiliation liée au refus de l'université de le prendre comme étudiant, il n'en parlait pas.

Ma grand-mère Ginda, très bonne élève, avait persuadé ses parents de l'envoyer faire ses études de médecine à Paris. Elle avait débarqué en 1926. Elle m'avouait : « Encore à mon âge, je n'arrive pas à comprendre comment j'ai pu convaincre mes parents de me laisser aller étudier à Paris. » Elle finit un jour par me dire : « J'étais déterminée. » Mais elle ne m'a jamais précisé si elle était venue à Paris pour échapper aux quotas d'entrée à l'université, ce n'était pas son genre de se plaindre.

Elle se tenait toujours si droite. Nous déjeunions toutes les deux à la Closerie des Lilas, elle faisait semblant de ne pas voir que je l'aidais à couper sa viande, elle pointait le Bullier juste en face, qui est devenu un café mais qui était avant guerre un dancing. Elle aimait évoquer ces années où elle dansait tout en travaillant et moi j'adorais l'écouter. Elle vivait à l'hôtel Scandinavia rue de Seine. Elle allait danser à la Coupole et portait un col en perles roses, vert amande, argentées qu'elle avait conservé, comme le Cantique des cantiques relié en cuir avec cette dédicace « For Ginda with love », offert par un soupirant américain.

Deux preuves que cette vie insouciante avait existé.

Ginda parlait cinq langues couramment. Elle parlait en yiddish et en russe avec son frère, sa belle-sœur et ses sœurs, en français, en anglais et en hébreu à ses enfants, petits-enfants, neveux et nièces, des langues modernes, inutilisables pour exprimer ce qui s'est passé avant et pendant la guerre. Elle disait avoir oublié le lituanien.

Il n'y a pas de transmission aux enfants et aux petits-enfants. Le monde d'avant est enterré et il n'en reste que quelques survivances. Les cornichons au sel, la vodka à l'herbe de bison, les gâteaux au pavot et la Kacha. J'ai cinq ans, douze ans, vingt ans, trente-cinq ans, je déjeune chez Ginda, le menu est d'année en année le même. Elle prépare de la Kacha, me tend une assiette et prononce « nu », le seul mot russe qu'elle utilise avec ses petits-enfants. Après le repas, je feuillette les gros albums de photos en cuir dans le salon. Elle pose enfant avec son frère Nahum, ses sœurs Raya et Macha en costumes marins. Les filles ont de gros rubans blancs dans les cheveux nattés, sauf Ginda la moins coquette. Elle commente : « J'étais la meilleure élève de ma classe. »

Je passe des après-midi entiers à feuilleter ses albums, je ne pose aucune question. Je suis enfant, adolescente puis adulte, je ne sais pas ce que je cherche. Il n'y a aucune photo de Salomé, je ne connais pas son existence. J'attends qu'elle me raconte une histoire que je n'ai pas envie d'entendre.

Elle a quatre-vingt-douze ans, elle joue à cache-cache avec mon fils qui en a trois. Elle rit, elle rit, elle ne peut pas s'arrêter. Elle ne paraît jamais fatiguée, je lui fais traverser le jardin du Luxembourg, je ne me rends pas compte qu'elle peine. Nous nous asseyons à une terrasse de café, elle commande un Schweppes. Elle m'avoue : « Je suis épuisée. » Je la ramène en taxi. J'ai honte, je la croyais indestructible.

Quand elle était étudiante, ma grand-mère Ginda dansait beaucoup mais restait sérieuse. Elle a abandonné ses études de médecine car en entrant pour la première fois dans une salle de dissection, elle s'est évanouie. Elle a terminé une licence de chimie. J'admirais qu'elle ait vécu dans une chambre rue de Seine. Je trouvais cela très chic. Dans les années 80, l'hôtel Scandinavia existait toujours. Il a fermé il y a une dizaine d'années. Je passais devant, pensais à Ginda, à son pull-over bleu assorti à ses yeux vifs. Quand on lui demandait : « Comment ça va ? », elle répondait avec ce rire si particulier – on ne savait jamais s'il s'agissait d'un rire ou d'un sanglot : « Comment peux-tu me poser cette question ? » J'admirais aussi cela, qu'elle ait décidé, seule, de partir vivre à Paris, sans parler un mot de français, qu'elle ait construit sa vie.

Elle est tombée amoureuse d'un homme sérieux et pessimiste mais aussi sensuel et affectueux. Il fume des cigarettes mentholées. Simkha Apatchevsky est médecin, il est d'origine russe. Simkha puis Ginda obtiennent la nationalité française. Ginda, son mari Simkha et leur fille Hélène vivent à Paris, avenue de Friedland. Mes grands-parents, les Apatchevsky, fréquentent des amis russes, parlent de politique, sont à gauche, s'intéressent au sionisme, lisent des romans français, parlent entre eux en russe et en français à leur fille, suivent l'actualité et s'inquiètent de ce qui se passe à l'Est, en Allemagne. Ginda et Simkha connaissent les textes du nouveau chancelier allemand Adolf Hitler, ils ont dans leur bibliothèque l'ouvrage du journaliste Albert Londres, *Le Juif errant est arrivé*, publié en 1930. Simkha avait lu à haute voix à Ginda un extrait de son enquête, un ordre du jour affiché à Prokouro, une petite ville d'Ukraine, la veille d'un massacre :

« J'engage la population à cesser ces manifestations anarchiques. J'attire là-dessus l'attention des youpins. Sachez que vous êtes un peuple que toutes les nations détestent. Vous semez le trouble parmi le peuple chrétien. Est-ce que vous ne voulez pas vivre ? Et n'avez-vous pas pitié de votre nation ? Si on vous laisse tranquilles, eh bien ! Restez tranquilles. Peuple malheureux, vous ne cessez de faire régner l'inquiétude dans les esprits du pauvre peuple ukrainien. »

Ginda et Simkha ne se font aucune illusion.

L'été, Ginda et Simkha et la petite Hélène traversent l'Allemagne nazie en train pour passer quelques semaines avec la famille de Ginda, ses parents, ses sœurs, son frère, à Poniwej dans la jolie maison en bois où ma grand-mère a passé son enfance. En 1936, ils feront le long voyage pour la Lituanie pour la dernière fois. Je ne sais pas si Salomé Bernstein, la fille de Raya, la sœur de Ginda, est déjà née, elle est en tout cas « en route ».

Le voyage en train est éprouvant.

Au passage de la frontière avec l'Allemagne, Simkha tend les passeports au douanier. Ils portent ce nom de famille « Apatchevsky », à la fois juif, russe, soviétique. Ils ont la nationalité française mais ce nom « Apatchevsky » a tout pour alerter un douanier allemand en 1936. Ginda aimerait aller aux toilettes, elle est liquide d'angoisse. Hélène, la petite Hélène de quatre ans, pleure. Simkha porte un masque. Le préposé, l'insigne nazi cousu sur la poitrine de son costume bleu de douanier, tourne toutes les pages des trois passeports. Il sait très bien qu'il a face à lui des Juifs. Le mari si fluet avec ses fines lunettes, médecin de profession, la femme plus imposante, brune, les yeux bleus, le nez busqué, ils sont juifs. Il se fait la réflexion, « la petite fille est bien jolie pour une youpine ». Il a ce pouvoir, il peut faire peur. Il en profite, c'est si agréable d'humilier quand on a été humilié. Il a face à lui des Français, des Français récents. Il ne peut pas les arrêter mais jouer avec leur frayeur. Il demande : « Vous êtes juifs ? » Simkha nie. « Nous sommes orthodoxes. » Il dit cela avec une voix tranquille.

En arrivant en Lituanie, Simkha et Ginda racontent ce qu'ils ont vu en Allemagne, les oriflammes, les inscriptions « Interdit aux Juifs » sur les magasins. On les interrompt vite. Qui a envie de gâcher ces vacances tous ensemble ? Macha décrit le mariage de Raya l'année précédente, auquel Ginda n'a pas assisté. « Puisses-tu être aussi heureuse que nous, avoir un foyer aussi chaleureux. Je pleure de bonheur en pensant à notre avenir. »

A Poniwej, rien n'était assez beau pour Helenochka. « N'est-ce pas la plus belle petite fille du monde ? » s'exclament ses tantes Raya et Macha. En Lituanie, Hélène est embrassée, passe de bras en bras, les poches débordent de friandises. Sa mère s'inquiète, est-ce que sa fille n'est pas trop gâtée ? Raya, la mère de Salomé, confie à sa sœur : « Mon Dieu, que ma fille soit aussi belle que sa cousine Hélène. » Ginda, qui n'est pas la plus jolie des trois sœurs, n'en revient pas d'avoir eu une fille aussi ravissante. Elle montre à ses sœurs les portraits d'elle et de sa fille pris par le célèbre studio Harcourt. Ginda porte une blouse de soie blanche, une veste stricte, les cheveux noirs lissés, la raie au milieu, l'air à la fois intelligent à qui on ne la fait pas et tendre, prête à tout donner si on le lui demande gentiment. La petite Hélène est, elle, très espiègle dans son costume marin. Sa tante Raya a raison, elle est la plus jolie petite fille du monde.

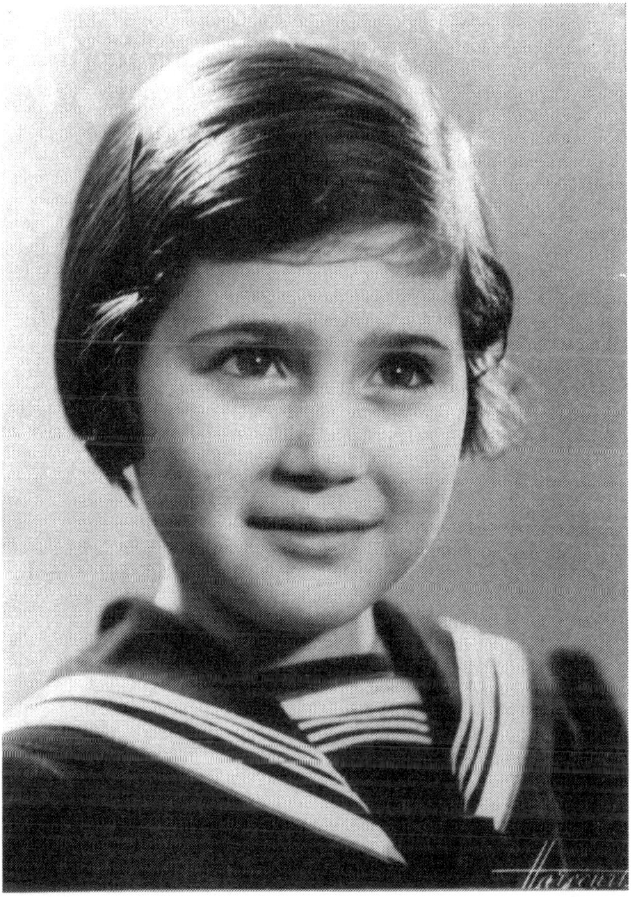

Hélène

Les autres photos prises en Lituanie cet été-là témoignent d'une vie heureuse qui n'a rien à voir avec ce qui se passe autour d'eux. La Lituanie, serrée entre l'URSS de Staline et l'Allemagne d'Hitler. Un portrait de ma mère Hélène dans le jardin de ses grands-parents à Poniwej. Elle pose toute seule, elle a quatre ans, elle mord dans une grosse pomme. Une photo en noir en blanc mais ma mère se souvenait très bien de la couleur de sa robe, vert pâle, assortie à la couleur de la pomme.

Sur un autre tirage, toute la famille est présente. Mon arrière-grand-mère, la mère de Ginda, Mary, est habillée d'une robe blanche, ample, on devine des broderies sur les manches et le bas de la robe, elle est réchauffée d'un long gilet. Ma grand-mère Ginda, ses sœurs Raya et Macha, sont vêtues elles aussi de ces robes sans entraves si à la mode dans les années 30. Blanche, simple, un col en V sur la poitrine. Raya porte un béret. Macha et Ginda ont un chignon dans la nuque. Hélène est enfouie dans les bras de sa grand-mère, elle regarde le photographe (son père ?)

avec douceur et curiosité. Il semble que tout va bien.

Le jour de leur retour vers Paris, le 20 août 1936, Raya et Macha ont raccompagné Simkha et Ginda jusqu'à la gare de Kovno. Sur le quai, Ginda et Simkha les ont suppliées : « Venez en France avant qu'il ne soit trop tard. » On se moque de Simkha, il est toujours si pessimiste. Eux sont dans cette illusion protectrice. Les citoyens d'un Etat indépendant, ils se croient intégrés, alors qu'ils vivent en marge. Les quelques droits que les Juifs ont obtenus avec l'indépendance ont été peu à peu limités. Ils vivent dans un pays où ils sont tolérés. Sans plus. On ne parle pas de pogroms mais de numerus clausus pour rentrer à l'Université ou exercer certaines professions. Ils vivent dans des quartiers à part, se fréquentent entre eux.

Ils n'ont pas encore entendu cette apostrophe au héros juif du *Château* de Kafka : « Vous n'êtes pas du Château, vous n'êtes pas du village, vous n'êtes rien. »

La vie d'Hélène est marquée de cela, de Salomé dont il ne reste rien, de la survie de ses tantes Raya et Macha, de ce qu'elle a subi elle pendant la guerre, de la peur et de l'humiliation endurées par ses parents.

Hélène est dans ce monde « d'avant et de pendant » la guerre, elle y est cadenassée. Elle est si seule. De ses tourments, Hélène n'a osé raconter à ses enfants qu'une histoire de tartine. On lui servait une tartine de pain noir avec un tout petit peu de confiture au milieu. D'un rire aussi, elle avoue avoir vomi sur les belles bottes de cuir d'un officier allemand en passant la ligne de démarcation. L'officier a essuyé ses bottes, a contrôlé les faux papiers et les a laissés passer en zone sud, elle, sa mère

Ginda et son petit frère Pierre. C'est tout ce qu'elle pouvait avouer. Elle ne dit rien de Salomé, du bébé Kalman, de Raya et Macha, ce qui pèse tant sur Ginda et sur ses tantes après la guerre. La guerre se résume à cette tartine. J'écoutais, petite fille, dégoûtée qu'on ait obligé ma mère à avaler une tartine aussi triste. Hélène ne pourra jamais confier ce qu'elle a fini par comprendre. Elle est terrifiée à l'idée d'être jugée à son tour. Hélène est très belle. Des pommettes hautes, un nez petit et fin, le teint doré, brune, tout en elle est délicat. Sa beauté slave, ses yeux verts parsemés d'or émerveillent. Elle fume des Gitanes sans filtre, dont elle doit retirer avec les doigts les brins de tabac laissés sur ses lèvres, ne mange pas la peau des raisins, elle s'est spécialisée dans les soins pour enfants handicapés, elle voyage, donne des conférences. Je l'accompagne chez Marie Martine, la boutique de prêt-à-porter de la rue de Sèvres, chez Arnys, le meilleur tailleur, chez François Villon, les boutiques chic des années 70. Elle s'offre des blouses en soie lavande, des bottes rouges imprimées de fleurs. Je suis épatée. Elle collectionne les foulards et les chandails de chez Missoni, elle se parfume à l'Heure bleue de chez Guerlain, elle porte un rouge à lèvres couleur rouge brique, je n'ai aucun doute sur l'amour qu'elle me porte. Elle se lève très tôt le matin, file déjà maquillée, élégante dans un trench en soie, elle m'a réveillée en me pinçant le dos, elle n'a pas le temps de se glisser dans les draps encore tièdes contre le corps de son enfant. Sur sa table de nuit, des romans de Bashevis Singer et de Philip Roth, un verre de thé, dans le tiroir du Stilnox et du Temesta.

Ma mère, la belle Hélène, lisait de la littérature étrangère, russe, américaine, anglaise, se méfiait de ce qui avait des racines trop françaises, même pour ses vêtements et la nourriture. « Une robe Dior peut se révéler antisémite et ne parlons pas du camembert » affirmait-elle avec sérieux. Elle me dit, être juif c'est avoir peur. Je me moque de ma mère, tous ses amis sont juifs. Elle se justifie.

— On ne sait jamais qui peut se révéler antisémite.

— Mais maman, on habite à Paris, je ne connais personne d'antisémite.

Je ne peux pas la comprendre. Elle vient d'un monde que je ne connais pas.

J'ajoute :

— Au lycée, c'est à la mode d'être juif.

Cela la fait rire. Elle rit aussi quand je lui donne le nom de famille d'un nouveau copain et qu'il se révèle être juif.

— Je vais à une boum chez Guillaume Trèves.

— Mais c'est un nom juif.

— Eric Blanchet m'invite au cinéma.

— Sa famille s'appelait Blumberg avant la guerre.

— Ah Alexandre Martin, lui il est vraiment goy.

— Pas du tout, sa grand-mère est juive, elle s'appelle Rosen.

Elle rit encore de sa découverte, rassurée pour quelques minutes.

Elle a cette inquiétude parfois dans la voix, un ton plus aigu à l'idée qu'il puisse arriver quelque chose, sans dire quoi, et se reprend. Elle ne sait pas chuchoter des surnoms, couvrir de baisers, prendre dans les bras, raconter des histoires, être là en vie, avouer enfin qu'elle aime. Elle ne parle pas russe, ne se souvient pas des noms d'amour que lui susurraient sa mère et ses tantes Raya et Macha. C'était avant la guerre. Et tout cela, la tendresse, l'amour, la joie, a disparu avec la guerre. Elle fait comme elle peut, les dents sont lavées, les enfants sont dans leur pyjama Petit Bateau bien chaud. Ils sont en sécurité, en bonne santé, elle est persuadée qu'ils ont l'essentiel. Nous ne sommes pas de vrais Français, nous sommes juifs, et si, par malheur, on apprenait (dans ce « on », j'inclus ses enfants, son mari, ses amis, ses voisins, la police) l'histoire de Salomé, qu'Hélène a fini par connaître, alors le jugement serait terrifiant.

Aline, une amie d'enfance, m'avoue, « j'aurais tant aimé avoir une mère comme la tienne ». La mère d'Aline a perdu ses parents pendant la guerre, elle a été cachée dans une famille où elle a travaillé comme une petite esclave. « La déportation de ses parents l'a rendue dingue, dépressive. Quand je rentrais de l'école, je ne savais pas dans quel état j'allais la retrouver, hystérique, joyeuse, ou enfermée dans sa chambre. Elle ne parlait que de cela, tout le temps, ce qu'elle n'avait pas mangé, ce qu'elle n'avait pas reçu, jamais de cadeaux, jamais d'histoires avant de dormir, toujours la peur, le froid, l'absence d'hygiène, la faim. Puis, elle a arrêté d'en parler, toujours silencieuse, ne dormant pas, faisant son devoir de mère, morte vivante. Adolescente, j'ai pris le risque de lui poser une question. Elle ne se souvenait de rien. Pas la peine d'en parler, cela ne sert à rien.

« Elle n'a pas été une bonne mère. Je n'ai pas le choix, je dois lui pardonner, elle a quand même une bonne excuse. » Aline me répète : « J'aurais tant aimé avoir une mère comme la tienne, si calme, si belle, si élégante. Elle nous accueillait pendant nos vacances parisiennes, nous parlait comme à des adultes, nous posait des questions. » Ai-je le droit de démentir ? Je ne me souviens pas qu'Hélène m'ait prise dans ses bras, m'ait dit qu'elle m'aimait.

Elle ne disait pas non plus qu'elle était si seule dans ses tourments.

Hélène se tait ou dort, se couchant tôt pour échapper à la tristesse de son monde. Le soir, avant de s'endormir, si elle n'est pas trop fatiguée, elle vient m'embrasser dans mon lit d'enfant. Il n'est pas possible de réclamer davantage, une caresse ou un baiser, de l'amour, car dans le monde d'Hélène l'amour est enfoui à tout jamais.

Le ghetto de Kovno en Lituanie, les camps en Estonie, en Allemagne, la mort de Salomé, la manière dont elle est morte, la vie, la survie de Raya et Macha, le silence des survivants. La part de peine dans la vie d'Hélène est immense.

L'essentiel est ignoré afin de rendre la période de la guerre racontable. Les traces sont minuscules. La guerre concerne Hélène, elle l'avoue, mais de manière générale, abstraite. Oui, elle a un problème grave et héréditaire avec l'Allemagne car les nazis ont tué six millions de Juifs. Mais qui ? Comment s'appelaient-ils ? Qui dans la famille est mort ? Hélène fait semblant de se scandaliser quand mon père s'offre en 1978 une voiture allemande, une BMW. Deux semaines après la BMW, un nouveau tabou tombe, elle achète chez Darty un presse-agrumes Braun. Elle adore cette blague : « Maintenant quand on part en Allemagne, il faut payer son billet de train. » Le vol qui doit m'emmener à Athènes en vacances fait escale à Munich, je n'ose pas le dire à Hélène, ce serait une trahison.

J'ai quatorze ans, je lis *Le Juif imaginaire* d'Alain Finkielkraut, je comprends cela, je n'ai pas souffert, je n'ai pas été cachée, séparée de mes parents, je n'ai pas été déportée, je n'ai pas à porter une couronne de victime. Je ne serai pas comme Alain Finkielkraut, fils de Juifs polonais dont les parents ont été déportés et qui avouait « j'ai passé toute ma longue adolescence à me servir des morts. A me les annexer sans pudeur. A m'approprier voracement leur destin. (…) J'allais chercher dans mes origines les fastes que me refusait la trame sans accroc d'une existence studieuse et sage ». Je ne comprends pas bien ce livre, après tout je n'ai que quatorze ans et ce que j'aimerais vraiment savoir, c'est comment cela se passe avec les garçons quand on couche avec eux ? Est-ce que cela fait mal ? J'aimerais bien recevoir pour Noël un jean très serré et des santiags. Je demande. Oui pour le jean mais pas trop serré, non pour les santiags. Je n'interroge pas la vie de mes parents avant. Les tartines de pain noir dans le couvent où Hélène était cachée. Le reste, on n'en parle pas. Oncles, tantes, cousins déportés. Ils ont été déportés. Où ? Comment ? Ma mère me dit, on ne parle pas des choses qui fâchent. Je suis adulte, enceinte, elle évoque pour la première fois sa petite cousine Salomé. Hélène est embarrassée, comme si elle me montrait le gouffre où toute sa tendresse est enfouie. Et je suis incapable de l'entendre et de l'atteindre.

Je me souviens d'une autre tentative à l'adolescence pour m'approcher par effraction de ce qui ne me concerne pas. Je vole à ma grand-mère Ginda les *Récits de la*

Kolyma de Varlam Chalamov, dont Maurice Nadeau publie une version abrégée. Je lis le froid, le travail, l'humiliation, dans le goulag soviétique, je suis née à Paris bien après la guerre, je lis au chaud, j'ai un nouveau pull-over en jacquard brun et rose de chez Cacharel que j'adore. Je m'en persuade, je n'ai aucun rapport avec cette histoire. J'ai mal au ventre, je porte mille kilos, j'ai commis une faute impardonnable mais ne sais pas laquelle.

Ils sont vingt-trois à table le soir de Noël, et encore, toute la famille de mon ami Jean n'est pas rassemblée, des fâcheries anciennes, des jeunes cousins en voyage, la famille de Jean semble infinie. Ramifications, liens, descendances, Jean s'y perd, des neveux de sa mère, elle avait sept frères et sœurs, chacun a eu entre quatre et cinq enfants, sauf le dernier toujours célibataire. Il ne connaît pas tout le monde, s'en désole. « L'avantage quand on est nombreux, c'est que quand on se fâche avec l'un, il en reste toujours un autre qu'on aime bien. » Il n'est jamais seul. Il a des liens, des souvenirs, des ancêtres, et quand il se découvre encore, par hasard, des cousins, « nous sommes alors liés pour toujours ». Je suis jalouse, moi qui flotte en France sans attache. Si je compte : deux enfants, un ex-mari, une sœur, un frère, un oncle, un cousin, une cousine. Où sont passés les autres ? Les enfants ne sont pas nés. Leurs parents sont morts trop tôt, les survivants sont partis en Israël et aux Etats-Unis. Je compte, nous sommes peu et tous dans la même peur, sans rien qui nous attache. Angoissés, coupables, paranoïaques, mal au ventre, nous nous reconnaissons ainsi. Inquiets dans notre pays. Quelle est la part de peine dans nos vies d'aujourd'hui ? Chez Hélène, elle était immense.

Bizarrement, il fallait que ce soit celle de tous les enfants d'Hélène, de tous les petits-enfants de Ginda, celle qui se vautre dans les plaisirs instantanés de la vie, soleil, mer, nourriture, chambres d'hôtel, bains chauds, éloignant les douleurs et la tristesse, amoureuse de X. puis de W. et qui tout aussi inconsciemment commence à poser des questions.

Mon oncle Pierre est né en 1937. Le fils cadet de Ginda est écrivain.

Après la guerre, mes grands-parents maternels ont « francisé » leur nom. Apatchevsky est devenu Pachet. Pierre Pachet est l'auteur d'*Autobiographie de mon père*, un portrait de Simkha, mon grand-père, celui qui avait tenté de convaincre Raya et Macha et leurs maris de venir en France avant la guerre, qui a refusé en 1940 de s'inscrire comme juif au commissariat, qui a aidé sa femme Ginda à retrouver ses sœurs après la guerre.

Pierre est beau, les yeux bleus, les cheveux gris, il peut être cinglant et généreux.

C'est l'été, nous sommes à la terrasse du Select, une brasserie boulevard du Montparnasse, on parle de chaussures à talons pour les filles, Pierre aime les modèles avec des brides sur la cheville, je préfère les ballerines. Mon oncle me prête son exemplaire du *Livre noir, textes et témoignages réunis par Ilya Ehrenbourg et Vassili Grossman.*

Il me raconte tout ce qu'il sait sur Salomé, Kalman, Raya et Macha.

Sa mère, Ginda, ne lui disait rien.

« J'étais pourtant collé à elle et tout le monde se moquait de moi. »

Ginda écoutait son fils sur « France Cul », elle était dans la vie présente, le passé, celui d'avant 1945, n'existait pas. Elle a élevé ainsi ses enfants, ma mère Hélène et mon oncle. Pierre en 1945 avait huit ans, ses parents ne lui ont rien dit des absents et des survivants.

« La seule fois où j'ai vu ma mère Ginda pleurer, c'est quand elle a appris la mort de sa sœur Raya. Elle était au téléphone, elle sanglotait. Et tu le sais, ce n'est pas du tout son genre de pleurer en public ou même de se plaindre.

« Comme tous les enfants, je savais sans qu'on ait eu à me parler. J'ai lu, j'avais une dizaine d'années, le livre de David Rousset sur les camps de la mort, *Les Jours de notre mort*. J'ai compris alors le sort de notre famille. La seule fois où ma mère, Ginda m'a raconté quelque chose de précis sur la guerre, c'est le jour où elle m'a interdit de l'accompagner chez une amie d'origine roumaine chez qui elle allait prendre le thé. En rentrant, elle m'a révélé : "Cette amie a eu un petit garçon. Il est mort pendant la guerre, il avait ton âge." »

Pierre a plusieurs fois tenté d'interroger Ginda.

Il y a une quinzaine d'années, invité à participer à un colloque universitaire en Lituanie, il en a profité pour visiter Poniwej, ville où elle a grandi. Pierre a rencontré une libraire dont l'enseigne existait avant guerre. En rentrant en France, il raconte son voyage à sa mère, espérant l'intéresser. Il demande à Ginda : « Tu as certainement connu cette librairie à Poniwej ? »

Elle répond. « Je ne m'en souviens pas. »

Pierre insiste. Ginda ajoute « Tout cela ne m'intéresse pas », puis elle s'énerve.

« Nous ne fréquentions pas cette librairie. C'est une librairie lituanienne. Les Juifs allaient dans une librairie juive, les Lituaniens dans la leur, les Russes dans une autre. »

Elle répète. « Tout cela ne m'intéresse pas. »

Dans *Le Livre noir* d'Ehrenbourg et Grossman, que m'a prêté Pierre, ce témoignage. Comment les mères et leurs enfants sont tués ensemble.

« Les Juifs de Lituanie sont regroupés dans deux ghettos, Wilno et Kovno. Des récits de mères et d'enfants. Une mère qui chantonne "Luli, luli, mon garçon, luli luli, mon oisillon" à son fils de deux ans. Ils sont déjà tous les deux dans une fosse, attendant les tirs qui se rapprochent d'eux. Une mère est séparée de son enfant. Un soldat lui dit, viens voir comment on tue les bêtes. Il lui montre le corps de son enfant. Trouver ce qu'il y a de plus atroce, tuer la mère devant son enfant ou l'enfant devant sa mère. Attendre le cri de détresse au plus fort puis tuer à nouveau. »

En août 1941, Raya et Macha, leurs maris et leurs enfants, Salomé et Kalman, leur frère Nahum, mon arrière-grand-mère Mary doivent se grouper dans le ghetto de Kovno. Les troupes nazies viennent d'envahir la Lituanie. Les Lituaniens sont soulagés de voir arriver les soldats allemands, cela signifie pour eux la fin de l'occupation soviétique qui a commencé en 1940, la fin des nationalisations, des déportations dans des camps en Sibérie. Pour les Juifs de Lituanie, c'est le début de l'anéantissement, le regroupement de tous les Juifs dans des quartiers délimités, gardés, rationnés en nourriture et en chauffage, avant les premières sélections vers la mort par balles à partir d'octobre 1941.

Nous avons changé de café et d'heure. On déjeune ensemble. Pierre me demande des conseils. Il drague une fille beaucoup plus jeune que lui. Je l'encourage.

« Mais bien sûr, elle s'intéresse à toi, sinon elle ne répondrait pas à tes textos. »

En 1939, ma grand-mère Ginda se fait voler son sac. Elle va déclarer le vol au commissariat du VIIIe arrondissement de Paris. Le commissaire lui téléphone une semaine plus tard. Le sac, en cuir noir, fermeture en laiton doré, a été retrouvé. Ma grand-mère apporte une bouteille de très bon bordeaux au commissaire pour le remercier. Un château-latour 1932.

Le père de Pierre, dit Simkha le pessimiste, a un visage mince, derrière de fines lunettes. Il a un physique frêle contredit par son courage intellectuel et politique.

Il est un des rares parmi ses amis, après un long débat, à ne pas déclarer sa famille comme juive au commissariat en octobre 1940. Ses amis ne sont pas d'accord, il faut obéir, ne pas se faire remarquer. Simkha est pessimiste et clairvoyant. A titre personnel, il échappe aux premières ordonnances anti-juives. Médecin français depuis 1925, il n'est pas dénaturalisé, peut continuer à exercer son métier, mais combien d'amis sont expulsés de leur administration, perdent leur nationalité, sont internés ? Il fait sienne la peur de ceux qui sont déjà en marge.

Le 5 mai 1942, dans l'appartement de l'avenue de Friedland où vivent Ginda et Simkha et leurs enfants Hélène et Pierre, le téléphone sonne. Il est très tôt. C'est le commissaire du VIIIe arrondissement. « Vous devez fuir Paris au plus vite. Les lettres de dénonciation sont nombreuses. » Mes grands-parents font semblant de se disputer. Ma grand-mère Ginda se plaint auprès du concierge. « Mon mari m'a quittée. »

Son mari est parti à Saint-Etienne, a trouvé un logement, un emploi, il va travailler chez un dentiste comme assistant. Il n'a plus le droit d'exercer la médecine depuis août 1941. Ginda et les enfants, Hélène qui a dix ans et Pierre cinq, prennent le train, puis un bus, un passeur leur fait traverser la ligne de démarcation la nuit. Mon oncle Pierre n'a pas très peur, il croit vivre une aventure. A un moment, mais Pierre ne se souvient pas quand, lui et Hélène sont placés dans une institution religieuse. La mère supérieure qui dirige le couvent demande l'autorisation à son supérieur l'archevêque de Lyon, le cardinal Pierre Gerlier, de cacher des enfants. Il répond, « c'est un devoir ».

Pierre ne reste que vingt-quatre heures, il refuse de se nourrir. Ginda vient le chercher. Hélène reste plusieurs mois, elle a froid, elle n'a pas d'amies, elle a faim, elle a peur de ne plus revoir ses parents, de mourir, d'être abandonnée. Elle ne sait pas ce qu'il y aurait de pire, survivre sans ses parents ou mourir.

Cela fait deux ans qu'elle n'a plus aucune nouvelle de sa cousine Salomé, du bébé Kalman, de ses tantes Raya et Macha.

Elle regarde les autres petites filles qui vivent au couvent. Certaines sont juives, elle tente de deviner lesquelles ont l'air d'avoir aussi peur qu'elle. La mère supérieure croit aussi qu'elle doit sauver l'âme d'Hélène et tente de la convertir au catholicisme. Hélène refuse, elle ne veut pas se convertir, ne pense pas qu'étant juive, le baptême sauvera son âme. Hélène se rebelle contre les sœurs. Elle n'est pas reconnaissante. Plus tard, bien après la guerre, elle exprime une sorte de dégoût incompréhensible pour tout ce qui se rapporte à l'Eglise catholique. En Sicile à Syracuse, elle ne peut pas visiter une église, l'odeur de l'encens lui donne la nausée. Elle ne m'a jamais révélé le nom du couvent dont les sœurs l'ont sauvée de la déportation. Elle passe les dernières années de la guerre avec ses parents et son petit frère cachée dans un petit appartement proche de la gare de Clermont-Ferrand. Hélène voit son père humilié. Simkha est employé comme assistant par un dentiste, il perçoit un salaire qui permet à sa famille de survivre. Ginda, Simkha, Hélène et Pierre échappent pendant quatre ans aux dénonciations, aux rafles. A la Libération, le dentiste qui exploite et dans un même mouvement contradictoire sauve mon grand-père en l'employant, lui demande un certificat car il est poursuivi pour faits de collaboration. Simkha refuse. Simkha a eu trop souvent raison d'être pessimiste. En 1945, Ginda et lui frappent à la porte de leur appartement de l'avenue de Friedland, un inconnu ouvre la porte et leur répond : « On n'a pas gagné la guerre pour laisser nos appartements aux Juifs. » Ils portent plainte et gagneront leur procès puis quitteront Paris pour aller vivre à Vichy. Un choix étrange mais la ville thermale accueille après la guerre de nombreux Juifs réfugiés d'Europe de l'Est. « Il fallait que ton grand-père se repose. » Simkha installe son cabinet médical, il se débat entre son pessimisme et son engagement politique et intellectuel à gauche. La fin de la guerre apporte peu de consolation. Raya, Macha, Nahum sont vivants. Les autres sont morts.

En 1947, Raya et Macha rendent visite à mes grands-parents Ginda et Simkha en

France. Les adultes se parlent entre eux en russe et en yiddish. Les enfants, Pierre et Hélène, les premiers de leur génération à ne pas avoir appris le yiddish, ne peuvent pas les comprendre.

Pierre avait dix ans, Macha était sa tante préférée. Elle était si généreuse. Raya, elle, suscitait davantage la compassion. Ce qui enchantait le plus Pierre et ce qui l'enchante toujours c'est leurs histoires d'amour. Quand sortant de la guerre, elles sont toutes les deux tombées amoureuses. Macha de David et Raya d'Elie.

En 1947, ma mère Hélène a quinze ans, elle se trouve trop grosse, elle a des boutons, elle s'ennuie dans son lycée pour filles. Ginda ne lui dit rien de sa grand-mère Mary, de ses cousins Salomé et Kalman. Ils sont morts, il n'y a rien à ajouter à cela. Ginda ne lui dit rien non plus de ce qui est arrivé à ses tantes Raya et Macha, à son oncle Nahum. Ginda ne lui dit rien du poids porté par Raya et Macha. Ce qui lui est arrivé à elle, Hélène, la peur, le passage de la ligne de démarcation, les humiliations subies, le couvent, on n'en parle pas non plus. Rien de grave. Elle est en vie, ses parents, son petit frère Pierre aussi, que veut-elle de plus ?

Elle a compris cela, elle n'a pas le droit de se plaindre, d'être de mauvaise foi, de faire des caprices, d'avoir des mauvaises pensées. Elle doit être parfaite, se taire, bien travailler au lycée. Raya et Macha l'embrassent, la câlinent, s'extasient comme si elle était encore cette petite fille ravissante d'avant la guerre. Hélène n'a plus l'habitude de recevoir autant d'affection, de mots doux. On met cela sur le compte de l'adolescence. Hélène a quinze ans, elle ne possède qu'une jupe et un pull-over, elle croit la coquetterie interdite. Comment réclamer alors qu'elle possède l'essentiel ?

Elle est en vie. Elle admire l'élégance inaccessible de Raya et Macha. Ses tourments d'adolescente, elle en est persuadée, sont bien médiocres, pourtant ils envahissent tout. Elle a dix-sept ans, son père lui dit la veille des résultats de son bachot, « si tu avais travaillé un peu plus, tu l'aurais eu ». A l'annonce des résultats, il lui inflige « plus de chance que d'intelligence ». Elle répète les propos de son père en riant, elle sait qu'il s'agit de marques de tendresse. Simkha lui offre des ballerines de chez Carel. Elle est très heureuse puis se sent futile, ridicule, coupable, idiote. Comment a-t-elle pu avoir un désir aussi égoïste, porter une jolie paire de chaussures ? Sa cousine Salomé, son cousin le bébé Kalman sont morts et il ne reste rien d'eux. Hélène souhaiterait des robes en vichy, des ceintures en élastique, danser, avoir des amoureux, connaître la belle vie. Elle suppose qu'après ce qui est arrivé à Raya et Macha et qu'elle a deviné, les plaisirs sont interdits. Tout chez Hélène est délicat, le nez, les oreilles, les poignets, les chevilles. Elle a pris cela chez son père Simkha.

Ginda est plus ronde, les yeux bleus. Ginda n'est pas belle. Ginda est la plus intelligente, la plus indépendante. Ginda possède une volonté douce à laquelle personne ne résiste.

La plus ravissante est sa sœur Raya. Raya joue au piano des concertos italiens de Bach, elle raconte son voyage de noces avec son premier mari avant la guerre, à l'hôtel d'Angleterre à Rome, les draps en coton égyptien, le *caffè freddo* dans le jardin, elle s'est offert chez un tailleur de la via Veneto une veste de lin parme. Raya porte au poignet droit de ses longues mains blanches une minuscule montre en or comme seul bijou. Elle rit souvent et même après la guerre, elle continuera à rire. Il semble qu'elle ne se force pas car ses rires ont le même ton que des larmes. Elle est aimante, tendre, très amoureuse de son deuxième mari Elie. Elle porte en elle la vie interrompue de sa fille Salomé. Elle continue à bercer le corps de sa fille devenu imaginaire. Raya s'y réfugie, s'adresse à elle comme de son vivant, elle est toujours émerveillée par la présence de sa fille. Elle sait que si elle perdait cette capacité de la croire toujours près d'elle, alors elle pourrait sombrer.

Macha est la plus forte, la plus aimée, la plus généreuse des trois sœurs et pourtant toutes les trois le sont, généreuses, aimées et bienveillantes. Tout le monde veut être l'amie de Macha. Macha pense avoir une dette infinie envers le monde vivant. Elle aime donner, payer. On rit de Macha qui est toujours la première à payer ses factures et qui s'inquiète, a-t-elle assez payé ? On ne veut pas quitter Macha, tant elle écoute, vous conseille, vous prédit le meilleur. Elle a souvent raison. Ceux qui ont eu la chance de la côtoyer, d'être ses amis, parlent d'elle avec joie. Si vous aviez un souci, alors Macha était là. Elle interdit que l'on s'inquiète pour elle.

« Tu devrais aller à Jérusalem interroger Gila, la fille de ma tante Macha. Je crois que sa mère a eu le courage de tout lui raconter » me propose Pierre. Et après, on parle tous les deux, des filles et des garçons, combien c'est compliqué tout cela.

Je ne vais pas voir Gila qui habite à Jérusalem car je préfère aller en Grèce cet été, je suis paresseuse. On me rétorque « la paresse n'est pas un outil de l'inconscient ».

Je suis allongée sur un transat au bord d'une piscine. Je lis *La Mort des Juifs* de Nadine Fresco. Je tente de cacher le titre, que les baigneurs ne devinent pas le ridicule de ma situation. Une fille en bikini rouge, les pieds soulevés par une serviette de marque, dans le jardin de cet hôtel de luxe, le portable truffé de textos à connotation sexuelle, croit qu'elle lit et peut comprendre *La Mort des Juifs* de Nadine Fresco. Elle a placé en exergue cette citation de Vladimir Jankélévitch : « il suffit d'être fidèle ou sérieux ». Je ne suis ni fidèle, ni sérieuse, je tente de cacher le titre du livre car j'ai peur d'être mal vue dans cet hôtel. Quoi, cette fille est juive ? Quoi, elle ne trouve pas qu'il y a trop de livres sur la Shoah, qu'on en parle trop, il faut qu'en plus elle nous nargue avec ce livre au titre indécent, *La Mort des Juifs*. Nadine Fresco cite le rapport d'un chef de l'Einsatzkommando envoyé en Lituanie. Il détaille le nombre de Juifs exécutés entre le 2 juillet et le 1er décembre 1941, jour après jour. « 28 juillet 1941 à Joniskia, 47 Juifs, 165 Juives, 143 enfants juifs. » Total des exécutions 137 346, ce qui permet au chef de ce commando de conclure : « Je peux affirmer aujourd'hui que le but – régler le problème juif en Lituanie – a été atteint par le commando. Il ne reste plus de Juifs en Lituanie, à part les Juifs astreints au travail, leurs familles incluses. »

Nadine Fresco détaille le visage d'une petite fille prise en photo, une parmi les seules huit images qui montrent des Juifs au moment de l'exécution par un commando des Einsatzgruppen en Estonie. Elle a tourné son visage au loin, ne regarde pas le tueur face à elle. Nadine Fresco écrit : « Est-ce qu'elle pourrait, l'espace d'un instant, d'une protection par son regard de curiosité, cesser de devoir être morte ? » Je vois le visage de ces petites filles, Salomé, Hélène, sur ces photos d'avant guerre, la curiosité, la vie présente qui s'est arrêtée ensuite. Salomé Bernstein, la cousine de ma mère, est née en 1936, ou 1937, je ne sais pas. Je regarde ma fille Salomé, vivante, se réveillant tous les matins comme un miracle. Elle crie toutes les nuits.

Un appel téléphonique de la Commission d'indemnisation des victimes de spoliations intervenues du fait des législations antisémites en vigueur pendant l'Occupation : « Votre grand-mère Ginda Pachet a déposé une requête le 20 février 2000 pour le pillage de l'appartement du 24 avenue de Friedland. Elle a été indemnisée. Après passage en commission, nous avons décidé de vous attribuer une somme car votre grand-père Simkha Pachet n'a pas pu exercer son métier de médecin pendant la guerre. En raison du décès de votre grand-mère et de votre mère, vous recevrez 1 500 euros. »

Je reçois donc 1 500 euros de réparation et je peux espérer me voir rembourser le passage de la ligne de démarcation que je n'ai pas franchie. Est-ce injuste ? En quoi je dois être réparée ?

J'en parle à mon amie Laurence, elle me conseille.

— Prends l'argent mais surtout, ne répète à personne cette histoire d'indemnisation. Si les gens savaient les millions que possède cette commission pour indemniser les Juifs, cela déclencherait un mouvement antisémite. Je me souviens quand la série *Holocauste* est passée à la télévision, ma belle-mère se lamentait : « Une catastrophe ce feuilleton, une véritable catastrophe pour les Juifs. Moins on parle de nous, mieux on se porte. »

Je connais quatre mots de yiddish, un *goy* : un pas juif. Un *schmock* : un con. *Schlepp* : traîner. Une *shikse* : une blonde pas juive. J'appelle ma fille *puppi*, poupée en yiddish, et mon fils *bubi*, mon petit coco. Qu'est-ce qu'il y a de juif en moi ? J'aime le hareng mariné et les cornichons à la russe. J'ai peur. J'ai tout le temps peur qu'il arrive quelque chose à mes enfants, je ne suis pas croyante mais tous les soirs je m'endors en priant, pitié qu'il ne leur arrive rien. S'il leur arrivait quelque chose, je mourrais. J'ai peur pour des choses ridicules, j'ai peur quand je regarde *Le Voleur de bicyclette* de Vittorio De Sica, j'espère que le voleur ne se fera pas pincer à la fin, un espoir sans issue, à chaque fois, il est rattrapé. J'ai peur que W. ne m'aime pas comme je l'aime, j'ai peur qu'il ait remarqué combien je tremblais quand on s'est croisés par hasard dans la rue, j'ai peur de rater le train. Je me réveille toutes les deux heures la nuit précédant un départ, dans le métro vers la gare, j'ai mal au ventre dès que la rame s'arrête un peu trop longtemps. J'arrive une heure à l'avance, je regarde avec anxiété le tableau des départs, et si mon train n'était pas annoncé ou s'il était trop tard pour monter dedans ? Est-ce une névrose typiquement juive ? Un chauffeur de taxi, me voyant regarder ma montre toutes les cinq minutes, me demande : « Vous êtes juive ? Il faut être juif pour arriver une heure avant le départ d'un train. » Si le train part sans moi, est-ce qu'il y en aura un autre qui me permettra de partir ? Si un de mes enfants disparaissait, est-ce que j'aurais le courage de continuer pour l'autre ?

La veille de mon mariage. La grand-mère de mon futur mari me prend par le bras. Elle est née russe, à Harbin en Sibérie chinoise, dans une famille aristocrate, blanche. Harbin est un port commercial où la communauté juive était importante.

Nous sommes dans sa grande maison de Provence qui accueille depuis la guerre grands résistants, communistes, industriels. Son mari est compagnon de la Libération, vend des moteurs d'avions aux Soviétiques et aux Chinois. Elle me confie, « tu sais, je suis ravie que mon petit-fils épouse une Juive, j'ai beaucoup d'amis juifs ».

Quand elle était enfant elle avait le droit d'embrasser sa mère une fois par an, sur la main, le jour de Pâques. Sa mère lui expliquait, il faut bien tuer des Juifs de temps en temps pour contenter le peuple. Les Juifs prennent tout l'argent.

Et ma grand-mère Ginda, à mon futur mari qui l'interrogeait, « cela ne vous dérange pas que votre petite fille épouse un goy ? » avait répondu « oui, j'aurais préféré qu'elle épouse l'un des nôtres ». Elle s'était ensuite excusée : « J'ai honte, je n'aurais jamais dû te dire cela. »

L'été suivant, dans la grande maison de Provence, j'avais invité ma grand-mère Ginda et ma mère à passer quelques jours. Le soir, nous buvions des infusions, ma belle-mère les prépare avec les feuilles des grands tilleuls du parc qu'elle a elle-même séchées. Elle questionne ma grand-mère sur la guerre, sa famille. Comment cela s'est passé pour vous ? Je suis dans la cuisine, je n'entends rien. Ma mère vient me rejoindre, elle est furieuse. Comment peut-elle se permettre ?

Je ne comprends pas la colère de ma mère, pourquoi est-ce difficile de parler de cela ?

On en parle bien à la télé, dans des

feuilletons, des documentaires, pourquoi ne pas en parler un soir d'été ?

Pourtant, je n'ai jamais osé parler à ma grand-mère ou ma mère de Raya, Macha et Salomé, dont je connais maintenant l'existence. Peut-être que je suis trop frivole, que je ris trop facilement, que je ne suis pas capable d'entendre, de comprendre.

Pourtant, dix ans après, le jour où enfin, j'apprendrai, j'écouterai, je ne jugerai pas, j'approuverai, je serai heureuse de savoir, je serai rassurée, je n'aurai plus peur, j'aurai le droit de me plaindre, d'être de mauvaise foi, d'écouter la peine de ma mère, ma grand-mère, de leur rétorquer, Raya et Macha ont choisi la vie, elles ont bien fait, soyez comme elles, oubliez la honte et la culpabilité. Mais avant d'être capable de connaître l'histoire de Salomé Bernstein, de son cousin Kalman Blumberg, de leurs mères Raya Bernstein et Macha Blumberg, j'ai erré pendant dix ans.

Je ne sais pas quel chemin prendre pour écrire cette histoire. Faut-il aller à Poniwej, la petite ville lituanienne où sont nés ma grand-mère Ginda, ses sœurs Raya et Macha, son frère Nahum ? Pierre m'a donné une copie d'une page de l'annuaire de Poniwej de 1930. Il a souligné le nom de famille de mes arrière-grands-parents, Girsovicius, leur adresse, 3 rue Ramygalos, et leur numéro de téléphone. La page contient aussi des publicités. Une pour les cacaos Van Houten, l'autre pour un dépositaire Harley Davidson.

Je pourrais aussi aller à Kovno, dans les rues qui définissaient le ghetto où ils ont été emprisonnés en 1941.

J'achète le guide *Lonely Planet* des pays baltes.

Poniwej est surnommée la « Chicago de Lituanie » en raison de son taux de criminalité et de ses activités mafieuses. La maison des parents de Ginda était située sur la place principale. Elle était pendant la période soviétique le siège du Parti communiste local. Cette place est ainsi décrite par le guide touristique : « Un espace bordé d'arbres agréable durant l'été mais d'une infinie tristesse le reste de l'année. Elle est entourée de cafés et boutiques quelconques. » « Poniwej est loin d'être une destination touristique. Peu de gens s'y arrêtent, si ce n'est pour se restaurer sur le trajet Vilnius-Riga. » « Hôtel Poniwej. Cette horreur soviétique fut longtemps le seul hôtel du centre-ville. Le beige et le marron dominent dans un univers de béton sur douze étages. » « Kovno a la réputation d'être une agglomération tentaculaire et un foyer de la mafia post-soviétique. » Et, précise l'auteur, « On y mange mal ». On peut visiter toutefois un jardin botanique et le Neuvième Fort, « témoignage d'une des heures les plus sombres de l'histoire lituanienne ».

Je n'irai sûrement pas à Poniwej, ni à Kovno. J'ai une bonne excuse : c'est dangereux. Mon seul souci est celui-ci. J'aimerais aller cet été dans une île grecque, à Patmos, mais je ne sais pas avec qui. A Patmos, je me réveille à trois heures du matin, un nœud dans le ventre, je suis persuadée que je ne serai plus jamais amoureuse. Mon fils me nargue : « Tu vas y aller quand en Lituanie ? » Il m'assure que le FC Vilnius est un de ses clubs de football préférés. Alors, je lui réponds : « Oui, je vais y aller un jour. » Je lui mens, je n'ai pas du tout envie d'aller en Lituanie. Je n'ai rien à faire en Lituanie, je n'ai aucun rapport avec la Lituanie, ce qui s'est passé là-bas. Ma fille Salomé crie toutes les nuits. Quand ma fille Salomé s'allonge contre moi, je m'affole. C'est peut-être la dernière fois ? Elle va mourir et je n'aurai pas d'autre choix que de mourir aussi. Je l'étouffe de baisers. Elle croit que c'est un jeu, elle ne sait pas que je suis son bourreau et que je me maudis.

Quand mes enfants sont sur le manège du jardin des Tuileries, quand leur cheval de bois n'est plus visible, je panique, peut-être ont-ils disparu ?

Pourquoi ce cheval est-il si lent à réapparaître ?

Peut-être ne vont-ils jamais réapparaître souriants sur le cheval de bois ?

Quand Salomé n'est pas la première à sortir de l'école, quand j'entre dans sa chambre pour un dernier baiser, j'ai toujours peur. Est-ce qu'il ne serait pas temps d'avoir un troisième enfant ? Ce serait une raison supplémentaire de vivre.

Un dimanche soir dans la cuisine, mon grand garçon m'explique : « Quand je serai grand je serai historien. » L'après-midi, il m'avait demandé si je pouvais lui trouver un documentaire sur la déportation des Juifs pendant la guerre. Salomé a dit : « Moi, j'hésite, tu pourrais me conseiller maman ? Je ne sais pas si je veux être vétérinaire ou coiffeuse. » J'ai ri en pensant à la blague sur les coiffeurs. J'avais dix ans, mon père m'avait expliqué. « Il faudrait exterminer les Juifs et les coiffeurs et tout irait mieux » J'avais répliqué : « Pourquoi les coiffeurs ? » Salomé a crié : « Pourquoi tu te moques tout le temps de moi ? » Elle est sortie de la cuisine en claquant la porte, son frère et moi nous l'avons poursuivie toujours en riant et l'on s'est excusé. « Tu es tellement mignonne, il est impossible de ne pas rire en te regardant. » Nous sommes revenus tous les trois dans la cuisine. Salomé a fini sa pêche, le jus dégoulinant sur son visage, comme s'il ne s'était rien passé. Et nous passons aux choses sérieuses. Salomé me demande : « Pourquoi tu n'as pas d'amoureux ? » Son frère ajoute : « Tu pourrais faire un effort. »

Raya et Macha ne parlaient jamais de Salomé et de Kalman, leurs enfants morts. Elles y pensaient tout le temps.

Kalman, le bébé de Macha, né aux tout premiers jours de la guerre, était si robuste, que tous s'extasiaient. Macha et son mari le surnommaient « Bubbi », mon petit coco. Il a marché le jour de son premier anniversaire. A deux ans, il n'avait toujours pas de cheveux et ne parlait pas. Il était presque agréable pour Macha d'évoquer cela, dans le ghetto, les premiers soucis d'un petit enfant. On s'inquiète tant pour rien. Il n'a pas fait son rot, il n'a pas fait caca. Comme si les tourments n'étaient, dans la réalité, pas beaucoup plus graves. Macha l'a nourri jusqu'à la fin au sein. Les petites dents de Kalman lui faisaient mal. Que donnerait-elle aujourd'hui pour vivre à nouveau cette douleur bienheureuse ? Dans le ghetto, ils n'avaient droit qu'à 200 grammes de pain par jour, 200 grammes de viande de cheval par adulte tous les quinze jours. Le marché noir permettait d'obtenir davantage. Ulli, le mari de Macha, gardait son chapeau à la main, rempli de farine ou de beurre ou encore de quelques pommes de terre, quand il passait devant les miliciens lituaniens qui gardaient les entrées et les sorties du ghetto. Le règlement oblige les habitants à lever les deux bras en l'air et à être tête nue quand ils entrent et sortent du ghetto. Il fallait bien mettre son chapeau quelque part. C'est ainsi qu'Ulli passait son chapeau « farci ». Cela devenait une blague entre eux, « Aujourd'hui, nous allons dîner d'un bon chapeau farci ».

La pièce dans laquelle ils vivaient n'était pas chauffée, et l'eau courante pas installée. Macha inventait des histoires pour son fils : « Hou hou, on vit dans une grotte et heureusement papa et maman sont là et ils chassent les méchants ours. » Pendant dix-huit mois, une sorte de vie en sursis s'est installée dans le ghetto. Kalman a dit ses premiers mots, maman, papa, hou hou, méchant ours. Kalman a eu trois ans, sa mère et sa tante lui ont organisé un véritable et dernier anniversaire. Macha et Ulli ont été séparés de Kalman, puis Macha et Ulli ont été séparés l'un de l'autre. Libérée, Macha parcourt l'Allemagne, retourne en Lituanie afin de retrouver son fils Kalman, et son mari tant aimé.

Macha écrit à sa sœur Ginda : « Devant nous c'est comme le brouillard mais le principal est qu'ils soient vivants alors je serai patiente et pourrai attendre longtemps. Te souviens-tu de ce séjour à la montagne avec Hélène ? Elle avait un ruban blanc dans les cheveux. Elle était assise au bord du lit, nous jouions au ballon, les temps étaient si beaux. » Elle en est certaine, ces temps reviendront. Macha est heureuse car elle a reçu une lettre de sa nièce Hélène et de son neveu Pierre. « Nous avons reçu votre lettre et toute la journée nous l'avons lue. Une lettre des enfants c'est le bonheur absolu, celle d'Hélène écrite avec son âme et son cœur, j'ai tellement envie de l'embrasser pour cela. Et ce cher Pierre nous a tellement divertis, cela nous fait rire. » Elle écrit ces mots, elle sait que Kalman et Ulli ne reviendront pas. Elle vous susurrait en russe tous ces petits noms tendres. Quand elle s'adressait à sa petite sœur Ginda, c'était à la russe, ma Gindaiochka, ma Ginda chérie d'amour. Quand son fils Kalman naît en 1940, alors que la catastrophe est annoncée, elle avertit : « Il est le seul qui pourra me faire perdre la raison. »

Comment a t-elle pu, après la guerre, ne pas perdre la raison ? Elle a appris qu'elle avait une autre raison de vivre, donner aux vivants. Elle en est persuadée, ceux qu'elle aime ont davantage souffert qu'elle. Elle a cherché partout un béret pour Raya au marché noir de Gauting, où elles vont vivre quelques mois en 1945. Sa sœur affectionnait tant cette coiffe, si « française ». La vie de Macha n'a plus d'importance, ce qui compte ce sont les autres.

En 1945, Ginda n'a aucune nouvelle depuis plus de cinq années de ses sœurs Raya et Macha, de son frère Nahum, de sa nièce Salomé, de ses beaux-frères. Sont-ils morts ou vivants ? Il lui est presque impossible de se réjouir de la fin de la guerre, tant tout lui paraît en suspens. Elle attend une réponse afin de pouvoir vivre à nouveau. Elle ne sait pas que la réponse sera encore plus douloureuse que l'attente. Elle écrit à la Croix-Rouge, écrit en Lituanie à des adresses qui n'existent plus, à des relations politiques, à d'anciens étudiants installés à l'Est, afin de retrouver ses sœurs et son frère, ses beaux-frères et les enfants, Salomé et Kalman. Il y avait ces rumeurs, ceux de l'Est étaient bloqués en URSS, les enfants étaient regroupés dans des colonies en Allemagne afin de repeupler le pays après la guerre. Il fallait attendre avant de pouvoir dormir la nuit, ne pas se réveiller toutes les heures à cause de cauchemars ou de rêves qui ne sont que des mensonges. La guerre est terminée, un nouveau supplice commence. Ginda rêve qu'ils sont en vie, ensemble sur un grand bateau dans une mer tiède et se réveille désespérée, c'était un rêve. Ginda rêve qu'elle les voit, ils sont en face d'elle dans la rue, elle crie leurs prénoms, Macha, Ulli, Raya, Max, Salomé, Kalman, mais ils n'entendent pas ou font semblant de ne pas l'entendre. Ils lui en veulent. Elle les a abandonnés en Lituanie, sans donner de nouvelles, sans les aider, alors qu'elle était en France au pays des droits de l'homme. Le service balte du Comité international de la Croix-Rouge répond le 6 novembre 1945 à Ginda et à son mari : « A notre grand regret, nous sommes obligés de vous informer que les recherches se heurtent à de grandes difficultés. Il ne nous est pas possible de vous donner l'assurance qu'elles pourraient aboutir. » A cette date les premières lettres de Nahum, Raya et Macha étaient parvenues à Paris avec leurs bonnes et mauvaises nouvelles. Raya,

Macha, Nahum, ses sœurs et son frère étaient en vie. Quelle joie extraordinaire. Salomé, Kalman, Max et Ulli n'avaient pas survécu. La tristesse est sans limite.

En août 1945, une première lettre arrive, elle a été écrite de Munich, elle est datée du 1er juillet 1945. Elle est signée du frère de Ginda, Nahum. Il est vivant. Il a épousé une jeune femme, Myriam, dans le ghetto de Kovno en 1942. Il n'a pas de nouvelles ni de Myriam, ni de Raya et Macha, ni des enfants, Kalman et Salomé, ni de ses beaux-frères Ulli et Max.

Ma Gindotchka,

Après des souffrances sans fin et des martyres, sur une durée de 4 ans, je suis resté parmi les vivants, mais malheureusement je ne sais où sont nos proches et nos parents.

Le 1er août 1941, tous les Juifs durent déménager dans le ghetto dans la ville de Kovno, dans les faubourgs de la ville, à Slobodka.

Maman et moi, avec Macha, Ulli et le petit, avons vécu ensemble dans une chambre et Raya avec Max et la petite Salomé se sont arrangés pour nous rejoindre. Là c'était relativement vivable pour nous tous.

Le 26 octobre 1943 est arrivé un grand malheur. Maman, Macha, Raya, Ulli, Max, le bébé Kalman et la petite Salomé, ont été emmenés et je n'ai pas de nouvelles d'eux.

Qui est vivant ? Qui est mort ?

Quand nous aurons une réponse à ces questions, il nous faudra commencer à construire une nouvelle vie.

On dit que beaucoup d'enfants juifs se trouvent dans un camp.

Votre Nahum.

Une deuxième lettre arrive la même semaine, Raya et Macha ont survécu, elles ont trouvé refuge à l'hôtel Yelen à Bratislava après dix mois d'errance à pied, en train. Mon oncle Pierre me dit : « Si tu veux savoir à quoi ressemblait l'hôtel Yelen à Bratislava en 1945, tu peux lire *Le Cahier* d'Aba Gefen, un diplomate israélien, d'origine lituanienne. »

« Dans les vingt-cinq chambres de l'hôtel Yelen à Bratislava vivaient deux cents réfugiés dans des conditions relativement humaines. Des associations de survivants de l'Holocauste, quittant l'Europe pour la Palestine, ont été obligées d'y installer mille personnes. Du coup, la situation fut intenable, la saleté et le laisser-aller devenant indescriptibles. Sans surprise, nous ne pouvions dormir la nuit. »

C'est de cet hôtel surpeuplé que Raya envoie une première lettre à sa sœur Ginda.

Bratislava, le 7 juin 1945

Mes chers tous,

Beaucoup de temps est passé. Beaucoup de sang a coulé depuis notre séparation. Mon cœur est trop plein, il m'est difficile de vous écrire car il n'y a pas de mots pour exprimer notre peine et notre douleur, pourtant ceux qui sont là doivent être forts et se réjouir d'être vivants. Macha et moi avons réussi à nous extirper des mains des fascistes, ainsi que notre frère et sa femme. Nahum s'est marié au ghetto, il se trouve à Munich et nous allons le rejoindre. Et toi ma chère petite sœur ? Nous espérons que Simkha et les enfants sont avec toi ? Si c'est possible, j'aimerais que vous veniez nous rejoindre ici et ainsi nous pourrions vous aider à continuer tous ensemble, je vous embrasse fort,

Raya

Gauting, le 23 novembre 1945
Mes chers Ginda, Simkha, Hélène et Pierre

J'écris, de retour de Poniwej où j'ai pu me rendre sur la tombe de papa, elle n'a pas été endommagée. Je lui ai raconté nos peines et nos joies et lui ai demandé de prier pour nous. Nous sommes ensuite arrivés chez Nahum dans une maison très chaleureuse, il ressemble à un duc. Dieu merci, ici les conditions de vie sont excellentes. La maison est très bien meublée. Ce serait bien que vous veniez vous reposer ici, avec nous, après tout ce que vous avez vécu. Il y a un sanatorium dans la forêt très agréable et très confortable. Nahum et Raya veulent retourner en Lituanie. Mes très chers, n'est-ce pas une entreprise trop difficile ? Pour nous, les Juifs, après tout ce que nous avons vécu, le seul pays où nous pourrions être chez nous devrait être Eretz Israël. Je veux apprendre l'hébreu.

La vie est difficile. Je ne savais pas qu'il fallait préserver sa vie et son bonheur, j'ai fait confiance aux gens que j'aime, je n'ai pas voulu me séparer d'eux mais depuis lors, je n'ai pas fait grand-chose pour eux. J'ai joué avec ma vie, qu'il me soit pardonné car à cause de ma bêtise infantile, un homme que j'ai aimé et qui m'a aimée est mort et je n'en retrouverai pas d'autre.

Macha

Jorge Semprun, dans *L'Ecriture ou la vie* reprend les questions superficielles, stupides, dans le genre : « C'était dur, hein ? » qu'on lui posait à la sortie du camp de Buchenwald. Et quand il tentait de répondre au plus profond, au plus indicible, ceux qui posaient les questions devenaient muets, absents, ne voulaient plus entendre. Personne ne posait les questions pour savoir mais par une sorte de politesse. Inutile. Jorge Semprun ajoute : « Pour continuer à vivre, il valait mieux tomber dans une amnésie volontaire. Si rares ont été ceux qui ont été capables d'entendre. »

Dès qu'elle apprend que ses sœurs et son frère sont en vie, Ginda prend, seule, le train pour Munich. Ginda pose les questions pour savoir, pour tenter de partager, se tait, écoute, saisit leurs mots comme s'ils étaient les siens. Aucun n'est évité.

Raya, Macha, Nahum, et sa femme Myriam précisent les faits, les actions, les disparitions les uns après les autres. Ils n'omettent pas le plus difficile, ce qui ne sera dit qu'une fois, la fin de Salomé et du petit Kalman. Raya et Macha partagent tout avec leur sœur et elles partagent aussi la joie de se retrouver vivant à Munich. « Quelle chance d'être en vie ! » répète Raya. « On va avoir des enfants. Tout est à recommencer » ajoute Myriam qui n'a que vingt-trois ans.

Ginda entend Raya, Macha et Nahum décrire l'arrivée des Soviétiques en 1940 à Poniwej, puis les premières humiliations antisémites, les premières confiscations, le massacre à coups de pelles d'une dizaine d'hommes juifs dans le garage Lietukis, le 25 juin 1941, par des miliciens lituaniens heureux de saluer l'arrivée attendue des troupes nazies. Raya, Macha et Nahum détaillent les ordres édictés par les nazis dès les premiers jours de l'occupation allemande. Le 11 juillet 1941 avant 6 heures du soir, ils doivent rejoindre le quartier de Slobodka, le plus pauvre de Kovno, délimité par les rues Krekavana et Tulvicius, d'où ils ne peuvent sortir sans autorisation. Une liste précise de vêtements, de meubles, d'objets du quotidien à emporter, leur a été distribuée. Chaque famille est regroupée dans une pièce. Une vie s'organise. Le marché noir et aussi une vie culturelle. On avait permis aux Juifs du ghetto de garder des livres. Macha s'était improvisée bibliothécaire. Pendant les dix mois de répit où les sélections ont cessé, entre le début de l'année 1942 et l'été 1943, les prisonniers du ghetto de Kovno ont créé à l'intérieur de ses barrières une bibliothèque de plusieurs milliers de livres et un théâtre. Macha et Raya lisent des romans en yiddish, des histoires à l'eau de rose et de la littérature russe. Et pour le cent millième ouvrage prêté par la bibliothèque, une fête est organisée dans le théâtre, Raya a même eu l'idée de dessiner une affiche. Elle n'a pas pu emporter son piano mais une habitante de Slobodka, le quartier pauvre de Kovno où a été établi le ghetto, en possédait un. Un piano droit de marque allemande que cette femme avait accepté de laisser au théâtre. Sur ce piano Raya jouait des chansons yiddish, les airs sont joyeux, entraînants et tristes à la fois. Tous les reprenaient en chœur.

Nahum, militant d'une association sioniste, rejoint le gouvernement juif du ghetto qui à la fois négocie avec les nazis et soutient le combat armé. Il tombe amoureux d'une jeune fille de dix-huit ans, elle s'appelle Myriam Sheinale, Myriam la beauté. Elle est grande, brune avec des yeux très bleus. Il l'épouse le jour de Pourim 1942 dans le ghetto. Macha et Raya décrivent à Ginda le mariage avec les yeux brillants car tout ce qui est beau est important. Raya et Macha racontent enfin à Ginda comment elles ont été séparées de leurs enfants, Salomé et Kalman, de leurs maris, Ulli et Max, le voyage et l'arrivée dans le camp de travail de Klooga en Estonie. Comment elles se sont agrippées à la vie.

Elles travaillaient sous les ordres de l'organisation Todt, esclaves dans l'exploitation des ressources naturelles de la région. Le commandant du camp de Klooga était un SS nommé Wilhelm Werle, mais la plupart des gardes étaient des Estoniens. Lever 5 heures, ersatz de café, appel, travail de 6 heures à 12 h 45, soupe, reprise du travail. Pas de dîner. Un étudiant de l'université de Vilnius décrit le camp de Klooga dans *Le Livre noir* de Grossman et Ehrenbourg : « Les femmes triment dans les carrières à transporter d'énormes pierres. Leur quota journalier est de quatre tonnes. »

Quand en août 1944, l'armée rouge s'est approchée, elles ont été transférées au camp de Stutthof. Elles ont appris que leurs camarades restés à Klooga ont été tués par un commando spécial chargé d'effacer les traces du camp et de brûler les corps. Seuls quatre-vingts prisonniers ont réussi à se cacher et à échapper à ce massacre. Nahum, qui travaille pour l'American Jewish Committee, a gardé un exemplaire du quotidien américain *The New York Times*. Les femmes ont lu sans le commenter un reportage sur le camp de Klooga du journaliste W.H. Lawrence. Il s'y est rendu en octobre 1944, après le passage du commando spécial en charge de l'élimination des déportés du camp.

« Ici à Klooga, j'ai vu et pu compter les restes humains de 438 hommes, femmes et enfants, dont un bébé qui ne devait pas avoir plus de trois mois. (...) Certains corps portent de petites marques de brûlures, d'autres étaient presque entièrement détruits par le feu, ne restant que des os. A l'intérieur des baraques, des monticules de cendres faites de bois et d'os témoignant du grand nombre de personnes mortes dans ce lieu. Dans la cour, j'ai compté les corps de 66 personnes, des hommes, des femmes, des enfants dont un bébé, habillé d'un pull-over rouge, d'un pantalon de laine et d'une chemise bleue.

Il restait aussi les corps de personnes qui avaient été mitraillées dans le bâtiment central mais que les Allemands, dans leur inquiétude de s'enfuir avant l'arrivée de l'armée rouge, n'ont pas eu le temps de brûler. »

Après la guerre, Ginda n'espère plus rien, ce qui est arrivé à ses sœurs Raya et Macha, à son frère Nahum ne laisse aucune place à quoi que ce soit d'heureux. Sa détresse est telle qu'elle la prive de mots. Elle ne dit pas à sa fille Hélène qu'elle est belle, elle répète qu'il faut travailler, elle ne la complimente pas. La paix n'apporte pas de consolations, les morts ne ressuscitent pas, seul, croit-elle, le silence permet de vivre encore. Une vie parcimonieuse, sans éclat, sans plaisir, faite d'effort, de travail. Raya, Macha, Nahum, Myriam décident du contraire. Il faut vivre.

Elles vont s'appliquer à cela : aimer, se marier, faire de nouveaux enfants, construire. En 1946, dans un train, Macha retrouve David. Il est médecin, a perdu sa femme et ses deux petites filles. Les mots sont prononcés. « J'ai perdu ma femme et mes deux petites filles. » Il montre une photo à Macha. Elle évoque son mari, son tout petit garçon. Ce sera la dernière fois pour tous les deux. Se souvient-elle qu'ils se sont croisés à un bal à Vilnius en 1938 ? Il l'avait remarquée, il était pourtant marié. Elle avait refusé de danser avec lui. Aujourd'hui, ils n'ont plus rien. En 1946, à Munich, David envoie des roses rouges à Macha tous les jours pendant quinze jours. Il voit la force qu'elle a en elle, elle est si vivante. Elle porte un grand manteau de l'armée américaine, a trouvé un rouge à lèvres vif qu'elle applique avec un mélange de sensualité et de sérieux. Comme si sa vie en dépendait. Etre élégante, parmi tous ces réfugiés, déportés, Juifs de toutes nationalités, Allemands perdus. David est amoureux. Un mystère pour lui-même. Comment tomber amoureux après Dachau, après avoir perdu sa femme aimée, ses deux petites filles ? Il en est certain, il est amoureux de Macha. Sa vie entière, future, dépend de la vitalité de cette femme qu'il a croisée en 1938 dans un bal puis à nouveau dans ce train. Il faut la convaincre. Au marché noir, il échange six mois de provisions de cigarettes pour ces roses rouges. Il lui écrit. Avec elle seule, il sera capable de recommencer. Macha accepte de l'épouser. Leur fille Miri naît en 1948 à Munich, Gila, sa petite sœur, voit le jour en 1950 à Tel-Aviv.

Raya a rencontré Elie dans les bureaux de l'American Jewish Committee. Elle y est rentrée seule, elle n'a plus rien, elle est veuve, elle doit vivre sans sa petite fille Salomé. Elle sait qu'elle ne la prendra plus jamais dans ses bras, qu'elle ne l'entendra plus rire. Salomé Bernstein était une petite fille unique, aucun autre enfant ne peut se comparer à Salomé. Elle obtenait tout par son charme, sa volonté, sans violence. Elle avait appris à lire toute seule avant la guerre. Dans le ghetto, elle lisait tout ce qui traînait, affiches, livres universitaires, des romans à l'eau de rose pour jeunes filles, des manuels scientifiques, des ouvrages de philosophie, la Torah, des livres de cuisine. Elle suit les recettes, fabrique des gâteaux avec un peu de terre et de l'eau boueuse, des poulets en bouillon, des pierres, des galettes de pomme de terre, avec quelques herbes. Elle distribue ses bienfaits avec sérieux. Elle joue à « Comment c'était avant à la maison ». Elle ne voulait pas terminer son assiette, rejetait la viande. Elle joue à ne plus avoir faim. Elle joue en silence afin de ne pas brusquer les adultes, qu'ils comprennent qu'elle sait ce qui leur arrive. En janvier 1943, les gardiens du ghetto ont décidé de confisquer tout ce qui était écrit. Les maisons ont été fouillées, livres, manuscrits, tout a été brûlé ; il a fallu inventer d'autres moyens de se divertir. Salomé se déguise, emprunte les vêtements de son père, proposant chaque soir un nouveau spectacle, dansant et chantant, inventant des histoires qui se terminent toujours bien. Salomé protège sa mère. Salomé pose des questions sur la vie qu'ils pourront avoir après, quand ils seront sortis du ghetto. « Je pourrai manger des gâteaux au pavot ? Je pourrai avoir un livre de contes illustrés de Sholem Aleichem ? Je n'ose pas te demander maman, j'ai peur que tu me dises non. Je pourrai devenir danseuse à l'Opéra de

Paris, aller voir ma tante Ginda, ma cousine Hélène, mon cousin Pierre qui a le même âge que moi ? »

Depuis la disparition de Salomé, chaque seconde coûte à Raya.

Depuis la disparition de Salomé, Raya s'endort en priant, « Faites que je meure, faites que je meure tout de suite ». Elle s'étonne d'être restée en vie. Elle ne peut plus le supporter. Elle fait semblant car elle n'a pas le choix. Elle a survécu. Elle dit, « Devant moi, il n'y a rien ». Sa grande sœur Macha lui répond, « Non, c'est juste du brouillard » et lui écrit ce poème.

A ma petite Raya

Sur les ruines du passé
Tu reconstruis ta vie
C'est consciencieusement que tu veux
Choisir un autre dans cette multitude.

Que la vie t'amène celui qui en sera capable
Qu'à nouveau s'échauffe le sang
Que celui qui par miracle est resté vivant
Te guérisse par une nouvelle vie.

Qu'à nouveau d'une main experte
Avec soin il la porte
Que le bonheur chante, comme au printemps
Le fait un libre petit oiseau !
Macha Blunberg (traduction Pierre Pachet)

Et dans ce bureau de l'American Jewish Committee à Gauting, la petite ville de Bavière où elles se sont réfugiées, un homme aborde Raya. « Vous êtes si jolie. » Il s'appelle Elie Altmann. Et c'est ainsi que Raya a pu vivre à nouveau. Raya est très amoureuse d'Elie qui est très amoureux d'elle. Il lui dit « On ne peut pas s'empêcher de vous aimer, vous êtes si aimable ». Elle ne peut s'adresser qu'à lui et c'est réciproque. Il faut qu'Elie connaisse Salomé comme si elle était vivante. Elle raconte les yeux brillants car en se saisissant des mots qui décrivent sa fille, son avenir se remplit à nouveau. « On ne pouvait se détacher de son regard. Elle était plus intelligente que nous tous. On voulait me la prendre. Dans le ghetto, les femmes me suppliaient : "Laisse-nous Salomé une journée, va te reposer." Je ne voulais pas. Je savais que chaque heure avec elle était comptée. Salomé s'allongeait contre moi, me couvrait de baisers, me chatouillait, inventait des histoires. Et toutes les deux, nous riions. Nous étions aux portes de la mort et nous riions. Sais-tu qu'elle était la personne que j'admire le plus au monde ? Je lui ai appris à écrire et à lire. Comme Macha et moi, elle s'est mise à écrire des poèmes. Je me souviens de ce titre : "Le soleil". Elle vivait dans ce ghetto, elle avait cinq, puis six et sept ans, elle savait qu'elle allait mourir et écrivait de sa petite main appliquée "Le soleil nous éclaire tous". » Le jour de la séparation entre Salomé et Raya, il faisait très beau. Raya n'a rien décidé, ni de rester, ni de partir. Raya a suivi Macha. Raya est restée depuis ce jour comme anéantie. Elle s'est changée en une masse de pierre, plus rien ne circule en elle. Dans l'affrontement extrême du camp, contre la fatigue, le froid, la faim, la soif, l'absence de son enfant, elle répète les gestes de sa sœur. Elle n'est qu'une imitation de Macha. Aucune véritable parole, aucun geste ne lui est propre. Elle se laisse faire. Comment a-t-elle pu survivre alors que de bien plus forts sont morts ? Elle n'ose l'avouer à personne, elle souhaite que tout s'arrête pour de bon. Seule sa propre mort pourrait la consoler. Sa persistance n'a pour elle aucun sens. Macha l'a envoyée dans ce bureau de l'American Jewish Committee. Elle l'a accompagnée jusqu'à la porte, lui a répété ce qu'elle devait demander. Des tickets mais déjà à peine entrée, elle ne se souvient plus de quel type de tickets, pourquoi ces tickets. Elle est perdue, ne désire rien, ni tickets, ni continuer à faire semblant de vivre. Son frère et sa sœur ne se sont-ils pas aperçus qu'elle est une bûche ? C'est seulement quand elle écrit qu'il lui semble que du sang coule à nouveau dans ses veines.

Macha et Raya ont quitté Bratislava, ont rejoint la Lituanie où rien ne les attendait. Leur maison avait été réquisitionnée, les morts n'avaient pas de tombe où l'on puisse se recueillir, il n'y a aucune trace de la présence de la famille Girshovitz avant la guerre. Des soldats russes – ils parlent yiddish – les apostrophent : « Vous êtes folles, repartez vers l'ouest. Ici la porte est grande pour entrer, toute petite pour sortir. » Elles sont reparties vers l'ouest, en Allemagne, à Gauting où elles ont retrouvé par hasard leur frère. Elles marchent toutes les deux dans les rues de Gauting, Macha tenant la main de Raya, lui montrant le grand théâtre, les anciennes maisons du Moyen Age. La ville a à peine été touchée par les bombardements alliés, et dans la rue, elles croisent leur frère Nahum. Il y avait une chance sur cent mille qu'ils se retrouvent. Et ils se sont croisés dans la rue de la ville allemande de Gauting ; l'American Jewish Committee leur offre un peu de compassion, leur trouve un logement, des tickets d'alimentation, des vêtements. Il faut s'y rendre toutes les semaines, cette fois c'est au tour de Raya. Macha lui apprend peu à peu les gestes d'une vie quotidienne. Une vie quotidienne particulière, c'est celle d'une ancienne déportée, rapatriée dans une ville allemande inconnue, sans famille, sans maison, sans biens, mais une vie. Il faut savoir récupérer des tickets, faire la queue, remplir des dossiers, prendre des trains et des cars, trouver une place dans un lit pour dormir. Ces gestes qui se rapprochent de la vie, qui ne sont pas ceux si proches de la mort au camp de Klooga, c'est Macha qui les enseigne à Raya. Oui, Macha est si forte, déjà dans la vie, pleine de souhaits d'avenir et puis tout à coup, elle ne peut plus respirer. Cela ne dure jamais très longtemps mais tout se serre en elle, elle croit qu'elle n'y arrivera plus. Elle supplie Dieu, aidez-moi, faites que nous nous en sortions, Raya et moi, je n'y arriverai pas toute seule. Elle prie, n'a perdu aucune foi dans la vie et dans Dieu mais parfois, elle doute intensément de la vie, de Dieu, de l'amour qui la porte vers les autres. Et elle ne sait pas comment, la vie, Dieu, l'amour, reviennent, elle, reprend sa place. Personne, même Raya dont elle est si proche, n'a vu qu'elle avait tout perdu puis tout retrouvé. Au camp, il n'y avait qu'un but, tenir, et là, dans les rues de cette petite ville allemande, Macha marche, avec sa sœur Raya, main dans la main, où aller ?

A droite, en face, à gauche ? Elle ne pensait pas que se serait si difficile. Choisir le bon chemin, trouver de quoi se nourrir, rentrer chez elles en Lituanie, tenter de rejoindre Paris, personne ne les attend, il n'y a nulle part où aller, personne ne pourra jamais comprendre qu'elle a laissé sa vie, son fils, derrière et que la vie qui s'ouvre à nouveau devant elle, est une autre vie. Ce n'est pas celle où elle était la mère d'un petit garçon nommé Kalman, la femme d'un homme qu'elle aimait et qui l'aimait nommé Ulli, la fille d'une femme adorée nommée Mary, elle n'est plus rien de tout ce qui faisait cette vie-là. Elle doit trouver d'autres raisons de vivre avec sa sœur Raya, son frère Nahum, sa sœur Ginda. Une autre vie doit être possible quelque part, il faut qu'elle trouve la force pour entrer dans cette nouvelle vie, pour que tous redeviennent des vivants.

Et dans ce bureau, Raya ne fait que trembler. Et puis, elle rencontre Elie. Il s'adresse à elle. « Vous avez besoin d'aide ? » Il lui touche le bras. Elle est comme un enfant à nouveau. « Vous étiez dans quel camp ? » Elle répond. « Et vous ? » Il la regarde comme si elle était la plus belle fille du monde. Raya a trente-cinq ans, porte un lourd manteau de l'armée américaine, les cheveux bruns coupés court à la garçonne, la raie sur le côté. Macha lui a posé un béret noir sur la tête, qu'elle a fait glisser sur le côté. « C'est plus élégant ainsi », a précisé sa sœur comme si Raya allait à un rendez-vous galant et qu'elle était encore vivante. Une semaine après cette rencontre entre Raya et Elie, Elie que Pierre me décrivait comme « l'homme le plus charmant que j'aie jamais rencontré », Macha écrit son poème.

Voici une chambre à Gauting
Sur le sol allemand
L'ayant fermée à clef
Deux femmes y dorment.
Elles ne dorment pas, mais se tourmentent
Qu'est-ce qui les attend ?
Les attend tout le cœur
et la pensée de leur passé.

Nous avons tout perdu, n'avons rien à attendre
Qu'un livre nous secoure,
Remplace notre mère
L'une d'elles s'exprime, pleine de sentiment
Ce n'est qu'à présent que lui reviennent
les couleurs de la vie.

Elie [Altmann] était
En allumant une étincelle
Notre professeur,
Sache te garder pour toute la vie.
Vous êtes juifs, qui par miracle êtes restés en vie
Vous expiez le droit de vous aimer l'un l'autre
Vous devez ensemble construire, travailler
et vivre
Et servir, par l'amour de votre peuple
Je veux encore vous voir, ensemble,
tous les deux
Et je dormirai seule dans la chambre,
fermée à clef !

M.B.

Ce 23 novembre 1945, Raya tremble et en elle tout se brise à nouveau. Elle souhaite qu'Elie lui répète ces premiers mots. Il lui a bien dit qu'elle était belle ? Et c'est ainsi, avec ces mots, que Raya a rejoint la vie.

Le soir, elle retrouve ce cœur qui lui permet de joindre une lettre à celle qu'a écrite Macha à Ginda.

Gauting, le 23 novembre 1945

Ici, chez Nahum nous nous reposons après sept semaines de voyage entre Kovno et Munich. Ainsi avec Macha nous avons visité les plus belles villes d'Europe. Nous sommes allées à l'opéra, au théâtre, au concert, au musée, dans les universités mais partout, tout était vide. Mon cher Max est mort au camp, deux mois avant la Libération. Cela fait encore plus mal qu'il ait survécu en Estonie, et que si peu avant la rédemption, il ait quitté ce monde. Nous avions des enfants, si beaux, lumineux, comme un soleil et réussis comme les enfants de parents qui s'aiment. Nous avons dû les laisser à notre mère dont le nom est saint pour l'éternité. Elle est de son plein gré partie avec nos enfants, avec le petit Kalman et Salomé. Dieu nous a offert deux ans, tous ensemble, avec les enfants, au ghetto. Nous nous réjouissions chaque jour, chaque minute d'être ensemble.

Notre cœur nous disait que ce ne serait plus pour très longtemps.

Maintenant, nous attendons une lettre de toi.

Raya.

Et dans ce bureau de l'American Jewish Committee, Elie voit Raya et il lui devient essentiel de l'aimer. Raya puise en Elie et s'émerveille, « il me tire vers la vie, celle qui est en haut ». Deux ans après les camps et la mort, à Munich, en Allemagne, Raya et Elie s'aiment, font l'amour, se marient. En 1948, Raya qui n'a plus sa fille, et qui était submergée par la tristesse, Elie qui a perdu ses deux enfants, et qui se jugeait mort à tout désir, ont un fils, ils le nomment Benjamin comme le dernier fils d'Israël. Comment tout ce qui a disparu, l'envie, la joie, l'avenir possible, se nourrir, s'embrasser, espérer, prend une forme, d'abord lointaine, floue puis tangible. Elie et Raya ne peuvent retourner en Lituanie, hésitent à immigrer en France, rejoindre leur sœur Ginda, renoncent devant la difficulté d'obtenir des visas, pensent partir aux Etats-Unis, rêvent de s'installer en Palestine. Il leur est impensable de continuer à vivre en Allemagne. En 1948, Raya, Elie et leur nouveau-né Benjamin partent rejoindre Macha et David en Israël.

A Munich, Nahum, le frère de Ginda, Raya et Macha, retrouve Myriam, la femme qu'il a aimée et épousée dans le ghetto. « C'est ainsi que la plus grande tristesse se trouve mêlée à la plus grande joie », écrit-il à Ginda. La même année, trois ans après les camps, comme Elie et Raya, comme David et Macha, Nahum et Myriam ont un enfant. Ils le nomment Samuel. Ils ont décidé de recommencer leur vie aux Etats-Unis, à New York où un oncle de Myriam a immigré avant la guerre. Ils obtiennent un visa grâce aux relations de Nahum avec l'American Jewish Committee qui aide les refugiés juifs en Europe.

Nahum, qui était avocat en Lituanie, est trop âgé pour reprendre ses études de droit, passer l'examen d'avocat, il devient conseiller juridique d'une association installée à New York d'indemnisation des victimes de la Seconde Guerre mondiale. Il est notre oncle d'Amérique, il nous envoie des paquets de chewing-gums à la cannelle, de la Jello, une poudre qui mélangée à de l'eau se transforme en gelée verte, rose ou jaune, et des jeans très larges. Ma grand-mère Ginda m'explique : « Aux Etats-Unis, tout est plus grand, même les petits pois. » Il vient à Paris, avec sa femme Myriam, avec leur fille Faye qui a les yeux bleus de sa mère. Il ne parle pas avec un accent américain, mais avec cette sonorité rauque qui est la voix de ma grand-mère et celle, il me semble, des grands-parents dépaysés. Ils ont un nom de famille américain, Girshovitz est devenu Gershwin. La première fois que je rends visite aux Gershwin, à Springfield dans le New Jersey, j'ai dix ans, j'entre dans le salon, je pose le pied sur la moquette, et je suis émerveillée. Mon pied s'enfonce de plusieurs centimètres dans une laine moelleuse. Nahum Gershwin, mon oncle américain, c'est cette moquette épaisse, la Jello colorée, les chewing-gums à la cannelle, ses enfants si grands, Samuel et Faye, les récits de Ginda qui va le voir tous les étés. Elle m'écrit de longues lettres et me décrit les grands magasins, les barbecues, ses progrès en anglais mais rien, rien d'autre.

Ou peut-être une phrase de Myriam, la femme de l'oncle Nahum, j'ai dix-huit ans : « Quand nous sommes arrivés aux Etats-Unis, il n'y avait personne pour nous accueillir, personne pour nous aider, pour nous écouter. » Je l'entends, cette phrase me frappe, je sais que Myriam et Nahum ont été déportés, mais « déporté » cela reste alors un mot sans explication. Pour la première fois, j'entends une plainte. Il y a ce qui s'est passé dans les camps et qui n'est pas dicible et ce qui s'est passé après et qui l'est. L'absence de soutien, d'écoute, une colère qui peut être dite et sur laquelle Myriam reviendra.

Vingt-cinq ans après, en mars 2011, j'écris un mail à Faye, la fille de Myriam. « J'écris un livre sur l'histoire de notre famille, ce qui s'est passé pendant la guerre, crois-tu que Myriam serait prête à me parler ? » La nuit je fais un cauchemar, Myriam m'engueule, « mais qu'est-ce que tu as avec tes questions, tu nous fais souffrir, laisse-nous vivre en paix, nous voulons oublier et nous taire ».

Et le lendemain, je reçois la réponse extraordinaire de Faye.

« She would be so happy to speak to you », elle serait très heureuse de te parler.

Et je suis très heureuse de l'entendre. C'était inexprimable par elle, inécoutable par moi, et nous voilà, prêtes en même temps.

Faye me précise que depuis un an, soixante-cinq ans après la fin de la guerre, Myriam va dans des lycées de son Comté témoigner. Myriam a quatre-vingt-sept ans, elle vit seule dans la maison de Springfield dans le New Jersey à la moquette si épaisse. Elle conduit sa voiture, est bénévole dans la bibliothèque d'un hôpital, joue au mah-jong, porte des jeans et des baskets. Elle hausse les épaules en soupirant « goyishe naches », plaisirs de goy, quand on lui montre le terrain de golf qui entoure la maison de sa fille. Elle ressemble toujours à une actrice américaine, comme sur une photo que me montre sa fille et qui date de 1946 où Myriam porte l'uniforme de l'armée américaine. Elle parle anglais avec ce doux accent, elle utilise ces expressions yiddish qui sont entrées dans le vocabulaire américain. Myriam a connu Salomé Bernstein, elle a joué avec elle, l'a prise dans ses bras, l'a embrassée, elle était de l'avis de ses belles-sœurs Raya et Macha, Salomé était la plus jolie petite fille du monde, aussi ravissante que sa cousine Hélène.

Faye m'a indiqué le numéro de bus, le numéro de la plate-forme, le prix du billet, afin de rejoindre depuis New York, Springfield dans le New Jersey où ils vivent. Dans une pharmacie de New York, une affiche propose un sac « for shlepping » vos affaires (du yiddish, pour « traîner » vos affaires).

Ce matin du 14 avril 2011, dans ce bus déserté, je suis excitée, j'ai mal au ventre, comme si enfin j'allais à Kovno, à Poniwej en Lituanie. Je pense à l'histoire que m'a racontée l'écrivain Valérie Zenatti, la traductrice d'Aharon Appelfeld. Valérie Zenatti est née à Nice dans une famille juive d'origine d'Afrique du Nord. A l'âge de neuf ans, elle ment à ses parents, elle prétend que sa maîtresse lui a demandé comme devoir, de regarder la série *Holocauste* qui passe le soir à la télévision. Depuis, toutes les nuits, elle fait des cauchemars, des nazis vont venir la chercher. Adolescente, elle émigre en Israël, elle fait croire à ses amis que ses grands-parents viennent d'Europe de l'Est. Elle ment, ils ont été cachés, déportés. Elle a le sentiment ainsi de rejoindre une sorte d'aristocratie en Israël, les descendants de la Shoah. Elle lit, elle écrit, elle n'ose pas transmettre cette peur et écrire sur cette peur. Un jour, elle téléphone à Aharon Appelfeld. Avant même qu'elle n'ait eu le temps de raconter, il l'apostrophe, « voilà, je sais, tu es prête à raconter cette histoire, tu es arrivée dans la forêt des Carpates ».

Dans ce bus qui traverse le New Jersey, je me dis, voilà, je suis arrivée dans les faubourgs de Kovno. Le trajet ne dure que quarante minutes, toutes les dix minutes, je demande au chauffeur, « On est arrivés, c'est le bon arrêt ? ». Pour l'occasion, je me suis offert un carnet neuf, un feutre noir, je regarde le paysage si sage de la banlieue américaine, les maisons en bois, les shopping centers, les nombreux pressings.

Faye m'attend à l'arrêt du bus, m'adresse de grands signes, cela fait des années que nous ne nous sommes vues, et m'enlace à l'américaine et je ne sais comment me tenir. Faye a les yeux myosotis de sa mère, quelques kilos en trop, elle regrette « j'ai hérité des mauvaises fesses juives ». Elle est joviale, chaleureuse, elle me raconte qu'elle appartient à un groupe de paroles d'enfants de survivants de l'Holocauste. « On est tous dans la même situation, nos parents ne nous ont rien dit, on ne sait rien. »

Faye, son mari et ses enfants habitent dans le New Jersey, les maisons en bois de la classe moyenne américaine. En apparence, tout est banal, la grosse voiture, les canapés en cuir marron du salon, la moquette très épaisse, le réfrigérateur gigantesque, les deux machines à laver la vaisselle. Dans sa voiture, je lui demande ce qu'elle sait elle de l'histoire de notre famille, ce que ses parents Nahum et Myriam lui ont transmis. « A la maison, mon père parlait de l'Holocauste car il travaillait pour cette association d'indemnisation des victimes de la guerre, il détaillait l'histoire de ses clients, leurs vies d'avant, ce qu'ils avaient perdu, comment ils avaient survécu. Il parlait des autres, de lui jamais. Il y avait comme un interdit invisible, on ne m'interdisait pas de poser des questions mais je sentais que ce n'était pas un sujet. En 1979, on a regardé en famille deux séries télé, *Roots* où Alex Haley, un Noir américain, racontait la généalogie de sa famille, jusqu'à l'esclavage, jusqu'à l'Afrique et bien sûr *Holocauste* avec Meryl Streep.

J'ai demandé à ma mère, cela ressemblait à cela la guerre ?

Elle m'a répondu, non, ce que tu as vu à la télévision, c'est à peine un dixième de ce que nous avons vécu. Mon frère Samuel m'a prise à part et m'a engueulée : "Tu ne vas pas commencer à lui poser des questions ?!" »

Sa mère Myriam a pour premier prénom « Sheinale », la beauté, elle est toujours belle, les yeux très bleus, les cheveux courts, bruns à peine gris, des longues jambes, toujours en pantalon et en chaussures de sport. Elle a quatre-vingt-sept ans, conduit sa voiture, quand sa petite-fille Nicole qui a vingt ans lui demande : « S'il te plaît, viens avec moi faire du shopping, c'est toi qui as du goût dans la famille », elle hésite : « J'ai ma vie Nicole, il faut que je rentre chez moi. » Alors Nicole lui répond : « Je vais te kidnapper. »

Faye, rit : « C'est le monde à l'envers. Ma mère aime être seule. Quand je l'invite à dîner, c'est la même chose, je dois la supplier. »

Myriam est assise, un verre d'eau gazeuse à la main, dans le canapé recouvert de cuir beige du salon de sa fille. Les fenêtres donnent sur un terrain de golf. Tout paraît si américain. Une assiette de cookies sur la table basse. Myriam est ailleurs. Elle est là, mais s'adresse à nous d'un autre monde, un monde où l'on parlait yiddish en plus de deux ou trois langues, où l'on mangeait du *grieben*, du gras de poulet frit, un monde où Salomé était vivante. Et c'est ce monde disparu qu'elle désire transmettre.

« Il y a une dizaine d'années, j'ai vu à la télévision un témoignage recueilli par la fondation Spielberg d'un ancien du ghetto de Kovno. Il était enfant, il trouvait cela formidable, plus besoin d'aller à l'école, il jouait tout le temps. J'étais vraiment choquée. C'est cela qu'ils veulent qu'on laisse comme témoignage ? Je vois encore les affiches en lituanien à l'entrée du ghetto, "Le Juif, ton éternel ennemi" ou "Staline, les Juifs, le même diable". Deux ans après, un type de la fondation Spielberg m'a téléphoné et il m'a convaincue ainsi : "Ce que je voudrais, c'est que vous racontiez votre vie d'avant, ce monde où l'on parlait yiddish, où dans cette langue, on écrivait des romans, des pièces de théâtre, des chansons." Alors, j'ai accepté car je voudrais que les gens sachent que ce monde qui a disparu était heureux. »

Myriam est née en 1924 à Memel (une ville allemande, devenue lituanienne par le traité du Trianon – Memel vient du letton *memelis* qui signifie silence).

Son père dirigeait une usine de tissus, il était le premier à ne pas être rabbin dans sa famille depuis douze générations. Elle était lycéenne quand en 1938, son lycée, les parcs, les trottoirs de sa ville ont été interdits aux Juifs. Les lycéens allemands de sa classe lui prenaient ses cours pour qu'elle puisse continuer à étudier, elle allait emprunter des livres à la bibliothèque, elle et ses parents pensaient que les choses allaient s'arranger. Deux cousins viennois qui avaient fui l'Autriche vivaient avec eux. Ils racontaient le pillage des magasins juifs, l'antisémitisme. Eux vivaient à Memel, où Juifs et gentils vivaient ensemble depuis toujours. Rien ne s'est arrangé et Myriam, ses parents et ses cousins autrichiens sont partis à Kovno en Lituanie, accueillis par une tante.

« A Kovno où nous avons vécu avant la guerre, il y avait un merveilleux ténor. Dès que je pouvais, j'allais à l'opéra. Une fois mon grand-père m'a dit : “Tu es si intelligente, ma beauté, un jour tu vas monter dans un avion." A cette époque, monter dans un avion, c'était une aventure extraordinaire. On lisait les journaux, je savais ce qu'il se passait en Ethiopie avec le Négus, que le prince de Galles avait renoncé au trône par amour. Je rêvais d'être interprète ou avocate. Mon plat préféré, c'était le gras de poulet frit. J'ai lu la version russe de *Pinocchio* et j'ai tellement ri que j'en ai fait pipi dans ma culotte. Et après la guerre, quand nous sommes allés voir tes grands-parents en France, nous avons amené ton oncle Pierre voir le film. Il devait avoir dix ans et lui aussi il a tellement ri qu'il a fait pipi dans sa culotte. Mais, bon, peut-être que je ne devrais pas te raconter cela. Il est devenu un grand intellectuel.

Il y a autre chose que je ne devrais peut-être pas te raconter. J'ai été élevée dans une famille très pieuse, une famille de rabbins depuis douze générations. Depuis la guerre, je crois en nos traditions, en notre culture mais je ne crois plus en Dieu. Comment Dieu a-t-il pu laisser tuer un million d'enfants ? Comment Dieu a-t-il pu laisser tuer une petite fille comme Salomé, et le petit Kalman ? »

A Kovno, Myriam allait dans un lycée lituanien, elle comprenait mal la langue. Elle est tombée amoureuse d'un garçon qu'elle décrit comme très élégant, très beau. Soixante-dix ans après, elle le « voit » toujours, très grand, les cheveux blonds.

Elle ne se souvient pas de la couleur de ses yeux mais de son prénom et de son nom. Il s'appelait Elie Bergman.

Nicole, la petite fille de Myriam, s'exclame, « Tu sortais avec un garçon ! Tu partais en week-end avec lui ?

— Pff, tout de suite, et tu crois qu'on couchait ensemble peut-être ? s'énerve Myriam. On se promenait dans le parc de Kovno, voilà tout. »

Puis Myriam reprend son récit, presque comme si elle relatait la vie d'une autre femme qu'elle aurait connue dans une vie antérieure.

« En juillet 1941, on a tous eu l'obligation de rejoindre le ghetto de Kovno, avec quelques vêtements, de la vaisselle. Chaque famille entassée dans une pièce. Comme je parlais allemand, je suis devenue la femme de ménage du commandant du ghetto, le commandant Tornbaum. J'ai pu ainsi apprendre ce qui était arrivé à mon fiancé. Un jour, les Allemands ont proposé un travail pour cinq cents jeunes Juifs volontaires. Ils devaient aller déplacer une bibliothèque. Elie, mon petit ami, est parti avec eux. Si on obéissait aux ordres, on pensait alors pouvoir s'en sortir. Quinze jours après, on n'avait pas de nouvelles. J'ai demandé au valet du commandant de se renseigner. Le valet était très gentil pour moi, me donnant les restes de repas du commandant, des parts de gâteaux envoyées par sa femme. Le commandant, qui était toujours bien élevé avec moi, lui a dit “Je suis désolé pour Myriam”. Mon amoureux était mort, je n'ai pas osé répéter ce que je savais, ni à ses parents, ni à personne. Un jour, je suis à table avec le valet, on partageait parfois nos repas, il me déclare :

“Il faut que je t’avoue quelque chose d’important, Myriam. Je ne sais pas si j’aurai le courage de te le dire et de le faire. Il le faut car je t’aime bien.

— Je vous écoute.

— J’aimerais te tuer Myriam.”

J’étais effarée.

“Mais, pourquoi voulez-vous me tuer ?”

Il m’a expliqué :

“Parce que vous allez tous mourir, si je te tuais moi aujourd’hui avec un pistolet, tu pourrais mourir sans souffrir.”

Voilà le type de relations qu’on avait. Oui, ce valet était bon pour moi.

— Comment s’appelait ce valet ?

— Je ne m’en souviens pas. Après la guerre, à Munich, on m’a proposé de témoigner contre Tornbaum, le commandant du ghetto. Je n’en ai pas eu le courage.

Grâce à mon travail comme femme de ménage pour le commandant et d’autres officiers allemands, ma tante et ses deux enfants ont été sauvés lors de la première sélection d’octobre 1941. On nous avait dit d’attendre tous dehors dès 7 heures du matin. Un Allemand, un SA de la Gestapo, indiquait à gauche, à droite. Il faisait très froid, il neigeait. Ceux de droite étaient entourés par des policiers lituaniens, on savait ce qui allait leur arriver. Ma tante et ses deux enfants étaient dans le groupe de droite, quand j'ai aperçu le commandant pour qui je travaillais, il était banquier à Berlin avant la guerre, je suis allée le voir, et je lui ai montré ma tante dans le groupe de droite. Il est allé la chercher. Je me souviens aussi d'un jeune soldat allemand, il me demande :

"Es-tu Myriam Lichtenstein, de Memel ?

— Oui, c'est moi.

— On jouait ensemble, on était dans la même école, tu t'en souviens ?"

Il m'a offert des gâteaux que sa mère lui avait envoyés.

Dans le ghetto, on se débrouillait pour faire du marché noir avec les Lituaniens. On échangeait ce qu'on avait pu garder, les Allemands nous avaient distribué une liste précise de ce qu'on pouvait emporter avec nous dans le ghetto, deux robes d'été, deux robes d'hiver, un manteau, pour une femme, quatre costumes pour un homme, trois changes de sous-vêtements, deux casseroles, une paire de draps, un couvert par personne, etc. Tout était très organisé. On avait dû payer des Lituaniens pour nous aider à déménager dans le ghetto. Quand on sortait du ghetto pour travailler, on troquait avec les Lituaniens, les restes de notre vie d'avant, vêtements, draps, objets quotidiens, contre de la nourriture. Une fois, j'ai obtenu contre une paire de draps en lin, une belle motte de beurre. Mais je m'étais fait avoir, le Lituanien avait caché à l'intérieur de la purée de pomme de terre. Bon, c'était mieux que rien, j'avais récupéré un peu de beurre.

Dans le ghetto, il y avait une école, un hôpital et le conseil juif, le Judenrat, dirigé par le Dr Elkes, un homme bon qui faisait tout pour nous défendre. Comme j'avais le droit d'entrer et de sortir du ghetto pour aller faire le ménage chez le commandant, on me confiait du courrier. J'ai rencontré mon futur mari, Nahum, le frère de ta grand-mère Ginda, ainsi, en lui apportant du courrier. Quinze jours après nous nous sommes mariés, le 3 mars 1942, le jour de Pourim.

— Myriam, tu étais amoureuse de Nahum quand tu l'as rencontré dans le ghetto ? »

Elle me répond, « Probablement » et enchaîne.

« Grâce au marché noir, à l'imagination de Raya et Macha, nous avons eu un vrai mariage. Fabriqué des choux avec de la farine, cuisiné un *gefilte fish* (carpe farcie) sans poisson mais avec des pommes de terre et des *latkes* (crêpes) avec la pelure des pommes de terre.

Nahum et moi nous habitions dans une pièce, dans une autre pièce vivaient Raya et Macha, leurs maris, leurs enfants, Salomé qui était si gaie et le petit Kalman. Vivait aussi avec eux ton arrière-grand-mère Mary.

Je suis tombée enceinte, la catastrophe. Je savais déjà ce qu'il arrivait aux mères et à leurs enfants, la file de droite. Raya, Nahum et Macha m'ont dit : "Garde-le, tout va s'arranger." On était au printemps 1943. Ils m'encourageaient : "Les Américains sont entrés dans la guerre. Dans sept mois, le bébé va naître et nous serons tous libérés."

Raya, Nahum et Macha ont toujours été trop optimistes, comme Gila, la fille de Macha, ils voient tout avec des lunettes roses. J'ai avorté. Raya et Macha et leurs enfants ont échappé aux premières sélections. Je ne sais plus comment. Il y a beaucoup de choses qui m'échappent de ces années-là. J'ai fait tant d'efforts pour les oublier.

— Tu te souviens de Salomé ?

— Oh, oui je me souviens de Salomé. Elle était une ravissante petite fille, elle aimait jouer sur un tambourin qu'on lui avait construit avec un morceau de bois pour la fête de Pourim. On s'occupait beaucoup d'elle, sa grand-mère, sa mère et sa tante, moi. Salomé était une petite fille très joyeuse.

— Est-ce qu'elle comprenait qu'elle vivait dans un ghetto, qu'elle était en sursis ?

— Je ne crois pas. Nous, les grands, on lui répétait tout va bien, on va bientôt rentrer à la maison. On mettait beaucoup d'énergie à protéger les enfants, qu'ils ne se rendent compte de rien.

« Quand j'étais enfant, on nous protégeait de la mort. Ici aux Etats-Unis, c'est différent. Quand mon mari est mort, ma petite fille a voulu aller à l'enterrement. Chez nous les enfants n'allaient jamais aux enterrements. Dans le ghetto, Salomé et Kalman vivaient ainsi, rien de mal ne pouvait leur arriver. La mort, la maladie, la faim, la peur n'existaient pas pour eux, on gardait tout cela en nous afin qu'ils ne s'aperçoivent de rien.

Et puis, toute la famille a été sélectionnée le 26 octobre 1943. Raya et Macha sont parties au camp de Klooga en Estonie et moi au camp de Stutthof en Pologne. »

J'interromps Myriam.

« Et les enfants, tu as su comment cela s'est passé pour Salomé et Kalman ? Et pour mon arrière-grand-mère ? »

Je pose cette question très vite, je bafouille. Ai-je le droit de poser une question pareille ?

« J'étais loin dans la queue, je ne sais pas ce qui s'est passé.

— Et après la guerre, quand vous vous

êtes retrouvés, vous avez parlé des enfants, de ce qui leur est arrivé ?

— Après la guerre, nous nous sommes retrouvés à Munich, Nahum et moi, Raya et Macha, nous avons tous vécu ensemble dans une vraie maison avec une bonne allemande qui avait été réquisitionnée pour nous. Elle avait travaillé pour les anciens propriétaires, des nazis, et voilà qu'elle faisait le ménage pour des déportés. Nos conversations n'avaient qu'un but : qu'allions-nous faire de nos vies ?

— Tu ne m'as pas répondu. Raya et Macha t'ont raconté ce qui est arrivé aux enfants ?

— Non, on ne parlait pas des enfants.

— Pourquoi ?

— C'était trop dur, et puis après on a eu des enfants en bonne santé, une bonne vie, c'était le plus important.

Un jour, mon fils Samuel, qui devait avoir une dizaine d'années, m'a demandé pourquoi il n'avait pas de grands-parents comme ses copains. Je lui ai expliqué ce que je pouvais. On avait des amis, ici dans le New Jersey, qui ont élevé leur petite fille en leur parlant tout le temps de l'Holocauste, leur maison était un sanctuaire dédié à l'Holocauste. La pauvre petite, elle n'avait aucun ami, personne ne voulait jouer avec elle. Tu te souviens Faye, de cette petite voisine ?

— Et avec ton mari Nahum, tu pouvais parler ? Lui aussi a été déporté.

— Même avec mon mari, on évoquait très rarement le camp.

« Parfois, il me disait qu'un certain fait lui rappelait Dachau.

« Je ne supportais plus de faire le ménage, travailler avec des horaires fixes, respecter des règles, la vie de groupe, j'aime être seule. Quand je travaillais, j'ai toujours choisi des emplois temporaires, pour pouvoir partir quand je voulais. Cela mon mari pouvait le comprendre, car il avait vécu la même expérience que moi.

« Qui pouvait le tolérer, admettre qu'il ne s'agissait pas d'un caprice, à part Nahum ? La seule autre personne avec laquelle j'avais le sentiment d'être entendue et comprise, c'est ta grand-mère Ginda.

« Avec ta grand-mère, on parlait toutes

les deux de la guerre. Quand Ginda venait me voir à New York puis ici à Springfield, Nahum partait travailler, les enfants étaient à l'école, et l'on parlait toutes les deux. »

A la fin de chacune de ses explications, Myriam me demande impatiemment : « So what else do you want to know ? » (Alors, que veux-tu savoir d'autre ?)

On s'approche du camp, mes questions sont de moins en moins précises et ses réponses de plus en plus vagues.

Comment poser la question du camp ? Je pense à Jorge Semprun recensant la stupidité des questions sur la déportation par ceux qui n'y étaient pas.

« C'était comment Stutthof ?

— Le camp de Stutthof, on avait le droit à un petit morceau de pain le matin, une soupe le soir. J'avais reçu une paire de pantoufles mais j'en ai perdu une. Mes pieds étaient enveloppés dans des morceaux de tissu. Je marchais ainsi dans la neige, on partait travailler à plusieurs kilomètres du camp, creuser des tranchées. Il ne fallait pas s'arrêter, sinon on était fusillé.

« Certains déportés étaient pieds nus dans la neige, pleurant de froid, un garde a crié en riant “depuis ma naissance, j’attends cela, voir un Juif souffrir”.

« Une fois un garde me regarde et s’exclame “celle-là, la vieille, on ne peut pas la prendre pour ce travail”. J’avais vingt ans.

« Dans le camp, il y avait deux enfants, un petit garçon de onze ans et une fillette de neuf ans. Un autre garde les autorisait à rester près de son poêle à bois et leur donnait son repas. Oui, on rencontrait parfois des gens qui voyaient encore en nous des êtres humains mais moi je n’avais plus le sentiment d’en être un.

« Nous étions huit cents femmes à notre arrivée au camp de Stutthof fin octobre 1943. A la libération en avril 1945, une centaine étaient mortes. Nous étions très fortes. Nous étions libres mais que faire ? Qui nous attendait ? Qui était encore en vie ? Le monde existait-il encore ? Nous ne savions rien. Nous n’étions pas des prisonniers de guerre, personne ne savait quoi faire de nous. J’ai marché vers l’est, je voulais rejoindre la Lituanie et là des soldats russes m'ont arrêtée et m'ont dit : "Tu es une *meshugge* (tu es folle), va vers l'ouest. La porte pour entrer en Lituanie est très grande mais toute petite pour en sortir."

— Ah bon, je pensais que cette histoire était arrivée à Raya et Macha ?

— Qui t'a raconté cette bêtise ? Les gens de votre génération ne connaissent rien. »

J'ai proposé à Myriam que nous regardions ensemble le DVD de son témoignage donné à la fondation Spielberg sur Stutthof. Au bout de quelques minutes, elle me regarde d'un air désolé :

« J'ai le cœur qui bat trop fort, cela me fait peur de m'entendre. »

On éteint la télévision.

Elle m'explique.

« Le type qui m'a interrogée pour la fondation Spielberg était étonné : "Mais vous évoquez le ghetto, le camp, de manière factuelle, sans vous plaindre." Il faut comprendre que nous les Juifs lituaniens, les Juifs allemands, nous sommes des intellectuels, pas comme les Polonais qui *kvetch*, pleurnichent tout le temps. Je n'ai pas envie de me plaindre. »

Myriam me demande :

« A mon tour de te poser une question personnelle. Je peux ?

— Oui, bien sûr.

— Tu as un amoureux ?

— Je ne sais pas s'il m'aime comme je l'aime.

— Comment peux-tu dire des bêtises pareilles ! »

Je travaillais depuis deux ans, j'avais interrogé Myriam, approché ce qui s'était passé au ghetto de Kovno, trouvant des informations sur Klooga. Je ne savais toujours rien sur Salomé, Raya et Macha, sur ce moment où il avait fallu choisir entre la vie et la mort. Je reportais le voyage vers Jérusalem qui me permettrait d'entendre ma cousine Gila, la fille de Macha. Je posais toujours les mêmes questions à mon oncle Pierre, non, il ne savait rien de plus. Salomé est morte pendant la guerre, Raya est décédée d'un cancer en 1951, Macha a disparu en 1965. « Raya était affectueuse et sentimentale sans ostentation (…) Macha était l'élégance même. » Dans son livre *Autobiographie de mon père*, Pierre décrit Macha ainsi : « L'insouciance qui me mettait si mal à l'aise chez les autres, je la supportais très bien chez elle. D'abord parce qu'elle y mettait une touche discrète de féminité qui semblait dire qu'il ne fallait pas prendre cette insouciance trop au sérieux. Son sourire ne pouvait être gai que parce qu'elle savait au fond d'elle-même de quoi la vie est faite : si le pire est possible, la mélancolie n'est pas de mise. »

C'est ce pire possible que j'évitais consciencieusement depuis toujours.

En février 2011, j'ai trouvé un prétexte pour aller en Israël : un reportage sur l'essor économique et touristique des territoires palestiniens (Cisjordanie). J'en profiterais pour voir ma cousine Gila, la fille de Macha, la sœur de ma grand-mère. Gila est écrivain, poète et professeur de littérature. Elle est belle, élancée. Elle a soixante ans, en paraît dix de moins. Elle parle et marche vite puis ralentit, s'arrête, pleure ou rit, on ne sait pas. Comme Ginda, comme ma mère, la belle Hélène, elle ne se plaint jamais. Elle vient de se faire opérer d'un cancer du sein qu'elle évacue en quelques mots : « Oh, un cancer minuscule, tout le monde a été formidable avec moi. » J'insiste, lui demande comment elle se sent. « En pleine forme, viens me voir à Jérusalem, cela me fera plaisir, je te raconterai tout.

— Mais cela ne te fera pas trop de peine d'évoquer tout cela ?

— Non, non, au contraire, cela me fait du bien de parler de Salomé, du petit Kalman, de Raya et de ma mère. »

Le temps est doux à Jérusalem. Il n'y a pas eu d'attentats depuis deux ans. Le premier soir, nous dînons dans un des nouveaux restaurants de la ville. Gila a réservé une table dès qu'elle a su que je venais enfin la voir. Les murs sont couverts de carrelage blanc comme dans le métro de New York, les serveuses ont cette arrogance des filles très jolies qui ne l'ont pas fait exprès, à l'allure à la fois molle et précise. Nous commentons leur tenue, la bretelle du soutien-gorge rose assortie au tee-shirt délavé, les ballerines en cuir naturel. Et puis, nous sommes prêtes. Nous parlons de Salomé, de Raya et Macha, de Ginda et Hélène.

Gila et moi parlons, nous parlons toutes les deux dans le bruit du restaurant, puis dans le salon de sa maison de Jérusalem, et nous continuons le lendemain dans les rues de la vieille ville, dans les allées d'un centre commercial, devant un falafel dont la sauce me coule sur le menton. Dans la salle d'exposition consacrée au ghetto de Kovno au mémorial de Yad Vashem, je scrute les photos d'enfants, une petite fille ressemble à ma Salomé et je me détourne, Gila me montre un portrait de l'oncle Nahum dessiné par un artiste, Joseph Schlesinger, qui travaillait dans le ghetto. Le dessin a pour titre *Nahum Girshovitz, 1943*. Il n'a pas encore été sélectionné pour le lager. Il est l'un des dirigeants du mouvement sioniste de Kovno. Au ghetto, Nahum est en charge du logement. Il appartient au Judenrat, le conseil juif du ghetto. Il négocie avec miliciens lituaniens et officiers allemands, autorisations de sortie, quantités de nourriture. Sur ce dessin de 1943, il est en costume cravate, rasé, peigné, déjà chauve. Il sera envoyé à Dachau quelques mois plus tard. Nous parlons à la cafétéria de la cinémathèque, à la table à côté un jeune homme nous écoute. Il se lève et se présente. Fati Kattan. Il parle un français parfait. « J'ai fait des études en France. » Il est palestinien chrétien de Bethléem. « Comprenez-vous pourquoi l'Etat israélien a construit ce mur entre nous, ces check points pour sortir de nos villes ? Les Juifs ont souffert de cela et aujourd'hui cette stigmatisation est répétée, appliquée par le peuple qui en a le plus souffert. »

Gila lui demande :

« Vous travaillez à Jérusalem ?

— Oui, j'ai créé une petite entreprise de transports, je travaille avec des Israéliens qui sont basés ici à Jérusalem. Je fais partie des cinq cents Palestiniens à avoir une permission permanente d'aller et venir entre les territoires et Israël.

— Et comment cela se passe ?

— Hum, cela est très variable. Au check point pour entrer à Jérusalem, c'est selon la bonne humeur du soldat. Entre cinq minutes et quatre heures. Et avec mes clients et fournisseurs israéliens, parfois les relations sont agréables, confiantes, le plus souvent, je sens une sorte de condescendance pour le citoyen de deuxième classe que je représente pour eux. »

On reprend la voiture garée sur le parking du mémorial. Gila se remet à parler une fois sortie de Yad Vashem.

« Quand j'étais enfant, je voulais tout savoir, je posais des questions, j'ai appris toute seule des bribes de russe et de yiddish pour comprendre les conversations de mes parents. Le samedi, ils se réunissaient avec leurs amis, ils parlaient du "Lager", de l'"Aktion". J'ai cherché la traduction, Lager signifie le camp et l'Aktion, la sélection. Mes parents écoutaient un programme à la radio israélienne qui donnait le nom de familles qui cherchaient leurs disparus. Quelle joie quand on reconnaissait le nom d'une personne aimée, d'un cousin. Parfois les noms entraînaient une moue de dégoût. Des Juifs déportés anciens kapos. Un jour mon père vient me chercher à un anniversaire. Il entre dans le salon de mon amie, il a l'air pétrifié. Sur le chemin du retour, il me dit, ce type là, le père de ta copine, c'était un kapo à Dachau. Dans un album, à la maison, il y avait des photos de ma mère avec un autre homme que mon père et un bébé sur les genoux, d'autres de mon père avec deux petites filles. Le soir de ma bat mizvah, un oncle, le cousin germain de ta grand-mère, m'a dit : "Tu es grande maintenant, si tu veux savoir, je te raconte tout." Il m'a montré la photo de mon père avec les deux petites filles. Elles s'appelaient Lili et Ada. "Tu vois, elles te ressemblent beaucoup. Elles sont les petites filles qu'a eues ton père avant la guerre. Elles sont mortes. Et voilà, le bébé de ta maman, Kalman, et son premier mari." J'étais choquée et aussi jalouse de ces enfants, de cette vie heureuse qu'avaient menée en Europe mes parents avant la guerre, sans moi. En Europe, en plus, cela me faisait rêver. Je n'arrivais pas à comprendre, comme tous les enfants, que mes parents aient eu une vie avant la mienne. J'imaginais que cette vie était comme un double de la nôtre, une vie meilleure et brusquement arrêtée. Cela me paraissait incompréhensible. Cette vie, ces enfants étaient-ils mieux que nous ? L'autre mari de ma mère, mieux que mon père ? Et l'autre femme de mon père, et ces autres petites filles, mieux que nous ? Certainement, elles ne faisaient pas de bêtises, étaient toujours sages. »

Je raconte à Gila cette coïncidence. Dans l'avion pour Tel-Aviv, j'ai lu le livre d'un grand écrivain français, Annie Ernaux, une lettre à sa sœur. Annie Ernaux a appris de manière accidentelle, surprenant une conversation entre sa mère et une voisine, que ses parents avaient eu avant elle une petite fille morte d'une pleurésie. Annie Ernaux exprime les mêmes inquiétudes, cette petite fille était certainement beaucoup plus sage qu'elle mais sans sa mort, elle ne serait pas née.

« Oui, c'est exactement ce que je ressentais, comme ton écrivain français. Sans la mort de ces sœurs aînées, je ne serais pas née. »

Comme Myriam aux Etats-Unis, il y a quelques mois, Gila me propose : « Avant de te raconter ce qui est arrivé à notre famille pendant la guerre, je dois te décrire la bonne vie qu'ils avaient avant à Poniwej. Quand ta grand-mère et ma mère en parlaient, c'était comme d'un paradis disparu. Ton grand-père paternel Simkha, lui, venait d'Odessa. On considérait que les Juifs d'Odessa étaient une sorte d'aristocratie, ils parlaient russe, anglais, français couramment. Ils avaient une idée du goût, du style, de l'élégance, de la sensualité. Je vois encore la manière qu'avait ton grand-père de fumer sa cigarette, de caresser ma tête de petite fille, le raffinement de ses costumes. En Lituanie, c'était des familles religieuses, avec une grande éthique. On parlait yiddish et russe. Tes arrière-grands-parents, Mary et Kalman, étaient des Juifs libéraux, ouverts, cultivés et religieux. Mary partait tous les étés faire une cure à Karlory Vary, en Tchécoslovaquie. Elle avait été très amoureuse de son cousin avant de se marier avec Kalman, ses parents avaient refusé qu'elle épouse un garçon aussi proche. On prétendait qu'elle retrouvait ce cousin une fois par an dans la ville thermale. Elle était "hors norme". Plus "odessite" que "lituanienne". Toutes ses filles ont étudié. Ta grand-mère Ginda, la plus intelligente, est partie à Paris, pour faire médecine. Pour ma mère Macha, comme son frère Nahum, ce fut le droit, à l'université de Kovno et Raya, le piano. Nahum est un des fondateurs du Varvara, une association sioniste. Ils aimaient danser séduire, rire. Un soir, on devait être en 1930, ils vont tous ensemble à un bal. Ma mère dit à son frère Nahum : "Regarde ce beau garçon qui danse avec cette femme. Peux-tu inviter la femme à danser, comme cela, je pourrai valser avec son cavalier ?" Nahum a invité cette femme mariée, il est tombé amoureux d'elle et ils ont vécu jusqu'à la guerre une longue et douloureuse histoire d'amour. Lui aussi était plus odéssite que lituanien. Ma mère Macha est tombée très amoureuse d'Ulli Blumberg, un médecin. Ils se sont mariés. Invitée à une fête, elle croise le regard de David qui deviendra après la guerre son second mari. David demande à Raya : "Tu crois que je peux inviter Macha à danser ?" Raya a rétorqué : "Non, c'est trop tard, elle est mariée et très amoureuse."

Macha et Ulli ont eu un bébé en 1939. Ils l'ont nommé Kalman, en l'honneur de ton arrière-grand-père qui venait de mourir d'une crise cardiaque. Raya a épousé Max Bernstein, il était fou d'elle. Elle, son grand amour, c'était sa fille Salomé.

— Pierre m'a raconté que mes grands-parents Simkha et Ginda ont traversé l'Alle magne nazie en train pour leur rendre visite pendant les vacances, en 1935 et en 1938, et ont tenté sans succès de les convaincre de venir en France.

— Oui, ils étaient tous optimistes, rien de mal ne pouvait leur arriver. Et même après la guerre, ils ont gardé cela en eux, cette force de croire ou peut-être de faire croire à leurs enfants que le meilleur est toujours à venir. Tu vas me trouver très sentimentale mais je crois que c'est l'amour qu'ils avaient les uns pour les autres qui les a sauvés. Dans le ghetto de Kovno, Nahum est tombé amoureux de Myriam. Elle venait délivrer une lettre d'un cousin qui vivait dans un autre ghetto. Elle était ravissante, brune avec des yeux myosotis. Tu connais l'histoire ?

— Oui, Nahum s'est rajeuni de huit ans car il avait peur qu'elle le trouve trop vieux. Ils se sont mariés dans le ghetto quinze jours après leur rencontre. Elle avait dix-huit ans et lui trente-six. Tu sais ce que Faye m'a dit d'incroyable, c'est que Myriam ne sait toujours pas que son mari lui a menti sur son âge. Faye sait, tout le monde sait, sauf Myriam. Faye a peur de lui dire et que cela lui fasse de la peine. Elle a tant d'admiration pour Nahum.

— Et tu sais comment Raya et Macha ont survécu à la sélection ? Myriam te l'a raconté ?

— Non, elle m'a dit qu'elle était trop loin et qu'elle n'avait rien vu.

— Elle n'a pas osé, elle a peut-être cru que tu serais choquée, que tu ne comprendrais pas, toi qui as deux enfants. Moi, je crois qu'il faut que tu saches comment Raya et Macha ont choisi de vivre.

Plusieurs sélections se sont succédé à Kovno jusqu'à la liquidation finale du ghetto qui a eu lieu en 1944, des Aktions spécialisées pour les enfants, les personnes âgées, les malades. La plus importante a été celle du 28 octobre 1941. Pendant les Aktions, les nazis choisissaient dans le ghetto ceux qui étaient déportés vers un camp de travail, dans le Lager. Ceux qui n'étaient pas jugés aptes au travail étaient tués. Les Juifs savaient cela, il fallait à tout prix être jugé bon pour le travail pour avoir une chance de survivre. Les nazis ne séparaient pas les mères des enfants, ils étaient assassinés simultanément. Raya et Macha, avec leurs enfants dans le ghetto, se savaient en sursis. Ils allaient tous mourir ensemble, Raya et Macha, leur mère Mary qui était âgée de soixante-dix ans, les enfants. Seuls leurs maris et Nahum avaient une chance de s'en sortir. Le 26 octobre 1943, ils étaient 2 800 en rang les uns derrière les autres sur la place de la Démocratie, Mary, ton arrière-grand-mère, Raya et Max, leur fille Salomé, Macha, son tout petit garçon dans les bras, son mari Ulli.

Lorsqu'ils sont arrivés devant l'officier nazi qui était en charge de choisir qui était apte au travail, qui allait mourir et pointait à gauche, les vivants, à droite, les morts, Mary a saisi le bébé des bras de sa fille Macha, a pris la main de la petite Salomé que Raya a lâchée, et est allée ainsi avec ses deux petits-enfants vers la mort.

Ses deux filles Macha et Raya ont accepté de vivre sans leurs enfants, elles se sont retrouvées dans la file de ceux qui partaient au Lager. Ton arrière-grand-mère a ainsi sauvé ses deux filles et Raya et Macha ont accepté d'être sauvées.

Je pense très souvent à ce choix de ma mère et ma tante de laisser leurs enfants, de vivre. Je crois qu'elles avaient un infime espoir, toutes les mères ont cet espoir en elles, leur enfant ne peut pas mourir avant elle. Elles ont accepté de partir sans leurs enfants car elles espéraient que de manière miraculeuse, Salomé et Kalman allaient vivre. »

Et à ce moment du récit de Gila, je dois m'arrêter car ma vie en a été bouleversée.

Comment ont-elles accepté ? Comment ont-elles accepté ?

Raya, sa petite fille à la main, ou peut-être dans ses bras, Macha, son tout petit garçon dans les bras, c'est ainsi que je tenais mes enfants quand ils étaient petits et que nous étions dans un endroit étranger, serrés le plus fort possible dans mes bras. Macha et Raya n'ont décidé de rien, ce n'était qu'un réflexe de survie. Mary, leur mère, avait choisi : ses deux filles Raya et Macha, qui avaient à peine trente ans, devaient vivre, avoir d'autres enfants, construire l'avenir.

Macha et Raya ont été déportées, ont survécu, se sont remariées, elles ont eu de nouveaux enfants. Ce ne sont pas des choses pour lesquelles il y a des mots, pour lesquelles on peut se dire, qu'aurais-je fait à leur place ?

A la naissance de mes enfants, j'ai senti cette malédiction : ils portaient autant la vie que la mort en eux. Il fallait désormais vivre avec cela, mes enfants pouvaient mourir et ma vie en serait brisée.

Je me suis souvenue d'une histoire que m'avait racontée Myriam. Sur le moment, elle m'avait paru si étrangère, que je ne l'ai pas notée. Dans le ghetto de Kovno, une femme avait confié son enfant à une voisine très âgée afin de pouvoir être sélectionnée vers un camp de travail. Elle savait qu'avec son enfant, elle n'avait aucune chance de survivre. Les conversations avaient été violentes dans le ghetto.

Certaines femmes étaient déchaînées et l'insultaient, d'autres pleuraient sans parler, quelques-unes, très peu, la réconfortaient. Cette mère s'était justifiée ainsi et Myriam se rappelait très précisément ce qu'elle avait répondu à ceux qui lui reprochaient de ne pas être partie avec ses enfants. Elle avait dit : « Je voulais vivre. » C'est seulement cette phrase qu'elle avait répétée : « Je voulais vivre. »

Et en un instant, je réalisai que mes questions, comment ont-elles accepté, comment ont-elles survécu après, n'avaient pas de sens.

La culpabilité qui m'entravait depuis toujours s'est levée. Cette question, vivre sans ses enfants ou mourir avec eux ? La réponse de Raya et Macha de vivre et de vivre entièrement, m'a portée. Je veux tout savoir.

Une semaine après, je savais qui était l'homme qui avait sélectionné Salomé, Kalman et leur grand-mère Mary. Je savais à quoi ressemblait la place où avait eu lieu la sélection. Je connaissais et avais vu une photo de la mine où Raya et Macha avaient passé presque deux ans sans voir le jour avec l'obsession de survivre. J'avais vu à quoi ressemblaient les tueurs du Neuvième Fort de Kovno, les miliciens lituaniens qui administraient le ghetto.

L'historien britannique Martin Gilbert a réalisé un documentaire sur le ghetto de Kovno. Il a filmé la place de la Démocratie où avaient lieu les sélections, il a recueilli des témoignages d'anciens du ghetto qui ont survécu.

Une vaste place carrée et morne entourée de petits immeubles de briques. Des dalles, quelques brins d'herbe, au loin ce qui pourrait ressembler à un terrain de football.

Martin Gilbert a interrogé des hommes et des femmes qui ressemblent à ma grand-mère, à Nahum. Avec cet air doux et cet accent rauque, ils décrivent les heures d'attente, les pleurs, les cris des enfants et de leurs parents. Des hommes et des femmes qui parlent et qui donnent le nom de celui qui était en charge des sélections. Il désignait d'un geste de la main, ceux qui partaient vers la gauche, travailler au Lager, ceux qui allaient vers la droite, mourir d'abord au Neuvième Fort puis à Auschwitz. Il s'appelle Helmut Rauca. Une femme raconte comment il a dirigé la grande Aktion des 27 et 28 octobre 1941. Elle décrit un nazi gras, un visage de vieux bébé, les yeux froids, il mangeait un sandwich, buvant, debout dans un imperméable de cuir noir, tout en pointant, gauche, droite, de sa main gantée. La sélection commence à 6 heures du matin. Les 27 et 28 octobre 1941. Ces jours-là, il envoie vers la droite, précise l'historien Martin Gilbert, 2 007 hommes, 2 920 femmes et 4 273 enfants. Avec l'aide d'une dizaine d'hommes appartenant à l'Einsatzkommando 3 et d'hommes de main lituaniens, 9 200 personnes sont fusillées le jour même.

Il m'a fallu quelques secondes pour retrouver sur Internet la biographie d'Helmut Rauca, le responsable des sélections du ghetto de Kovno.

Helmut Rauca est un sergent SS d'origine ouvrière. Né en 1908 dans la région du Vogtland en Allemagne, il entre dans la police en 1928, rejoint le parti nazi dès 1931 puis devient membre de la Gestapo dès sa création en 1936. Quand la guerre éclate, il obtient le grade de sergent-chef au sein des Einsatzgruppen en charge de la liquidation des Juifs dans les pays baltes.

Après la guerre, il est arrêté par l'armée américaine, séjourne à l'hôpital militaire de Karlsruhe puis est relâché. En 1950, il migre au Canada grâce à une association des Chrétiens du Canada pour l'aide aux réfugiés et obtient la nationalité canadienne en 1956. Il travaille comme ouvrier puis gérant d'hôtel. Le 21 septembre 1961, le procureur de Francfort lance un mandat d'arrêt contre lui pour sa responsabilité dans la liquidation du ghetto de Kovno. Dès le début des années 70, les autorités canadiennes connaissent la présence d'Helmut Rauca sur leur sol. Il sera arrêté chez lui à Toronto en 1982. Le mandat d'arrêt précise qu'il est responsable de la mort de 11 584 Juifs entre le 18 août 1941 et le 24 décembre 1943. Jugé en RFA en mai 1983, il meurt quelques mois plus tard d'un cancer.

Dans le journal d'Avraham Tory, le secrétaire du conseil du ghetto, j'ai retrouvé des informations sur le commandant chez qui Myriam faisait le ménage. Alfred Tornbaum était le commandant en charge de la police allemande du ghetto. Il a été jugé à Wiesbaden, en Allemagne, en 1962. La Cour estima qu'elle n'avait pas assez de preuves pour le condamner. Je n'ai pas trouvé de trace de son majordome qui avoua à Myriam, « j'aimerais te tuer Myriam ». Dans son documentaire et son livre sur les Einsatzgruppen, l'historien Michaël Prazan interroge le Lituanien Algimantas Dailide. Les nazis déléguaient à des nationalistes lituaniens les tueries du Neuvième Fort de Kovno. Algimantas Dailide appartenait au *Sangumas*, la police lituanienne. Il était en charge de contrôler les entrées et les sorties du ghetto de Kovno, il ne tuait que ceux qui tentaient de s'échapper. Il vit à Kirchberg en Allemagne, une petite ville qui a son lot d'anciens nazis. Il est assis dans un canapé en cuir démodé, un petit coussin soutient sa tête sur lequel est brodé « *Who needs Santa with our Grandpa* ? » (Qui a besoin d'un père Noël quand on a un grand-père comme le nôtre). Il ressemble à un gentil grand-père, le visage plein, des lunettes carrées, la voix tranquille et étonnée. Il s'est enfui des Etats-Unis, où il était parti vivre après la guerre et son nom est inscrit sur la liste des criminels nazis les plus recherchés du centre Simon Wiesenthal. Il établissait pour le compte des nazis les listes de Juifs de Kovno et ses environs à éliminer.

Il affirme avec son ton étonné : « Je ne savais pas à quoi servaient les listes. »

Michaël Prazan a aussi questionné Juozas

Aleksynas, un tireur lituanien, en charge de l'extermination des Juifs du ghetto de Kovno. Oui, il tuait les enfants, mais d'un coup, pour qu'ils ne souffrent pas. Juozas Aleksynas parle tout aussi tranquillement. « Les mères tenaient leur enfant dans leurs bras. On tuait d'abord la mère, puis l'enfant, pour qu'elles ne voient pas leur enfant mourir. Les plus grands enfants comprenaient leur destin. Les plus petits marchaient à quatre pattes dans la fosse pour retrouver leurs parents. Il fallait viser juste dans la poitrine. S'ils n'étaient pas tués sur le coup alors ils pouvaient mourir étouffés sous le poids des corps allongés sur eux, qui tombaient un à un. »

En 1943, les nazis envoient un bataillon de travailleurs forcés, déportés juifs, prisonniers soviétiques, afin de déterrer les corps, de les brûler et d'effacer ainsi les traces du travail des Einsatzgruppen et des tueurs lituaniens.

Michaël Prazan a filmé sur un des murs du Neuvième Fort, à Kovno, où furent assassinés près de 30 000 Juifs entre 1941 et 1943, cette inscription en lituanien et en anglais : « *Here people were killed and burned between 1941 et 1943* ». (Ici des gens ont été tués et brûlés entre 1941 et 1943). Des gens ou des habitants, c'est ainsi que l'on nommait les Juifs à l'époque soviétique.

J'ai longtemps cru cela. Que Salomé, Kalman et Mary avaient été fusillés au Neuvième Fort à Kovno. Mais depuis mai 1942, la méthode est jugée trop éprouvante pour ceux qui fusillent. Tuer à bout de fusil des femmes, leurs enfants, des personnes âgées jour après jour rend les tueurs les plus endurcis neurasthéniques. En octobre 1943, les personnes âgées, les enfants, ceux qui sont sélectionnés vers la mort depuis Kovno sont envoyés à Auschwitz. Mary, Salomé et Kalman sont morts gazés à Auschwitz.

Sur le site « Chroniques du ghetto de Vilnius » consacré aux camps où ont été déportés les Juifs de Lituanie, des photos de Klooga. Des troncs de bois et des corps enchaînés. Les nazis avaient tenté de faire disparaître toute trace en tuant les survivants puis en brûlant leurs corps. Sur ce site, une photo d'une carrière de schiste bitumineux. La légende précise que cette carrière avait employé pendant la guerre des prisonniers du camp de Klooga. La « mine de sel » dont parlait Gila est une « *Shale Mine* », une mine de schiste, et s'appelle Kivioli. Sur la photo, on aperçoit deux trous dans une montagne, avec des rails de chemin de fer. C'est ici, dans la mine de Kivioli, que Raya et Macha ont passé presque deux ans.

Je veux tout savoir.

Mon cousin Yoav vit dans un kibboutz dans le désert du Néguev. Son père est le fameux oncle qui a tout raconté à Gila, comment sa mère et sa tante avaient eu des enfants avant la guerre, qu'ils étaient morts et comment Macha et Raya avaient choisi la vie. Je veux tout savoir mais j'ai préféré passer l'après-midi au bord de la piscine du Hilton de Tel-Aviv que de faire les deux heures de route pour aller le voir. Gila m'a encouragée.

« Profite du soleil, Raya et Macha aussi,

figure-toi, adoraient se mettre en maillot de bain au soleil. »

Yoav est écrivain, traducteur, c'est lui qui a traduit en hébreu *Autobiographie de mon père* de Pierre. Adolescent, Yoav a été défiguré lors d'un incendie. Alors qu'il était dehors, il est retourné dans une maison en flammes, afin de sauver ceux qui y étaient encore enfermés. Son visage a fondu, quand je le rencontrais enfant et encore aujourd'hui et bien que j'écrive ces mots à son propos « son visage a fondu », je ne vois pas cela. Yoav est ainsi, il ne provoque aucun embarras ni pitié, mais de l'attirance pour son intelligence et son amabilité. Yoav est Yoav. Il voyage, participe à des colloques de traducteurs, écrit sur un ordinateur, conduit une voiture automatique, parle français et anglais parfaitement, il est enthousiaste, répond à mes questions les plus abruptes et me propose de faire lui-même la route pour me retrouver au bar de l'hôtel Hilton.

« Macha et Raya travaillaient quatorze heures par jour, elles étaient correctement nourries car elles étaient des travailleuses appréciées. Elles remplissaient des obus de poudre. Elles avaient le droit, une fois par an, le jour de Noël, de voir la lumière du jour, de sortir. Elles sont restées près de deux ans dans cette mine. Elles considéraient toujours qu'elles avaient eu de la chance. Elles n'étaient pas dans un camp d'extermination, leur capacité de travail, leur bonne santé les a sauvées. Raya et Macha n'avaient qu'une peur : tomber malade, attraper le typhus. Elles estimaient que ce qui les avait sauvées, ce n'est pas qu'elles étaient plus malignes ou plus fortes, c'est juste qu'elles avaient eu de la chance. De la chance aussi de ne pas avoir été libérées par l'armée soviétique, elles auraient été envoyées dans des camps encore plus à l'Est. Comme tant d'autres déportés, elles ont été forcées au tout début du printemps 1945 à de longues marches encadrées par des soldats allemands. Les soldats fusillaient ceux qui traînaient. Il neigeait encore. Elles dormaient à même le sol gelé. Une nuit, elles entendent des fusillades de plus en plus rapprochées. Elles ont cru : "Voilà, ils vont tous nous tuer." Le matin, elles étaient toujours vivantes, les soldats avaient disparu. Elles sont montées dans des trains, ne sachant où aller. Avec elles, il y avait une troisième cousine, Dina Trackman. Dina est partie vivre aux Etats-Unis après la guerre. A New York, elle vivait de manière misérable, ne sortant jamais de chez elle, comme si elle avait reproduit la mine dans laquelle elle avait vécu elle aussi pendant près de deux ans. Raya et Macha ne regardaient jamais en arrière. Benny est née, puis Miri et Gila. Elles étaient les plus belles petites filles que j'aie jamais vues, tout le monde tombait amoureux d'elles et leur mère, Macha, était la plus généreuse et la plus joyeuse personne que j'aie jamais rencontrée. Elle m'a offert un livre sur la mythologie grecque, j'avais onze ans. Ce livre, je l'ai toujours, tu veux que je te l'envoie ? »

Le lendemain, je retrouve Gila, la pressant de questions. Comment a-t-elle réagi quand elle a appris, elle avait seize ans, le choix de sa mère et de sa tante ?

Elle était soulagée. Ainsi, elle a vécu, toujours choisir la vie, toujours quand cela est possible repérer le plaisir.

Il fallait que je le répète, que je le raconte à tous mes proches. Raya et Macha ont eu raison, elles ont choisi la vie. Il n'y a pas de faute. Il faut le dire à Hélène et Ginda. Même si elles sont mortes. Il faut qu'elles le sachent et reposent en paix. Gila a repris son récit.

« Raya et Macha n'avaient plus le choix, il fallait qu'elles survivent. Si elles mouraient, leur choix de laisser leurs enfants n'avait plus de sens. Il y avait régulièrement des contrôles pour évaluer leur force de travail. Macha, qui était la plus forte, se piquait le doigt et recueillait quelques gouttes de sang qu'elle étalait sur les joues de sa sœur et sur les siennes afin de se donner bonne mine. Elles ont été libérées par l'armée américaine, elles ont finalement été envoyées à Vienne où l'American Jewish Committee les a prises en charge. Elles ne rêvaient que d'une chose, prendre un bain. Elles se sont rendues dans un bain public. La vieille Viennoise qui gérait le bain les a accueillies ainsi : "Quoi, vous les Juives vous êtes vivantes ? Je pensais qu'on avait réussi à tous vous exterminer." Macha lui a craché au visage et Raya lui a donné une gifle qui a renvoyé la vieille Viennoise dans son fauteuil. Elles sont entrées triomphantes dans leur bain chaud. De Vienne, elles ont été transférées dans un camp de transit à Munich, où elles ont retrouvé leur frère Nahum. Il n'en revenait pas, après trois ans de Lager, de voir débarquer ses deux sœurs costaudes dans leurs grands manteaux de l'armée américaine. Nahum a cherché plusieurs mois sa femme Myriam dite "la beauté", qu'il avait épousée dans le ghetto. Il questionnait toute personne qu'il voyait passer devant lui. Vous avez vu Myriam Girshovitz ? Dans quel camp était-elle ? A-t-elle survécu ? Le jour de son arrivée à Munich, un ancien déporté lui a annoncé : "Nahum, j'ai une mauvaise nouvelle, Myriam est morte." Une demi-heure après l'annonce de sa mort, Nahum a aperçu la beauté se promener dans une rue de Munich. Il existe une autre version de leurs retrouvailles : Nahum a reçu d'abord un vendredi après-midi une lettre écrite par une femme déportée avec Myriam, lui exprimant ses condoléances, Myriam était morte devant ses yeux. Un kaddish a aussitôt été organisé. Au moment même où la prière des morts commence, Nahum est arrêté par un autre déporté : "Ta femme est en vie. Elle vient d'arriver à Munich." Ta grand-mère Ginda de son côté se battait pour avoir des nouvelles de sa famille, c'était si difficile de retrouver les uns et les autres. Dès qu'elle a su, elle est venue les voir à Munich, elle a appris la mort de sa mère, de son neveu Kalman, de sa nièce Salomé, de ses beaux-frères, Ulli et

Max. Macha, Raya et Nahum ont raconté le Lager. Raya et Macha ont tout raconté, comment elles avaient laissé leurs enfants à leur mère Mary et qu'ainsi elles avaient survécu. Ginda m'a avoué qu'en rentrant de Munich, elle était si bouleversée qu'elle en est tombée malade, elle s'est couchée et n'a pas pu se lever pendant un an. »

Gila sort de son sac une enveloppe. A l'intérieur une photo. Elle date de 1946, elle a été prise à Munich. La photo de leurs retrouvailles, Ginda, Nahum et Myriam, Raya et Macha. Mis à part la gravité des visages, on ne peut rien deviner. Ils sont toujours aussi élégants, les femmes en tailleurs, blouses claires, les cheveux bruns en chignon.

« Quelques mois après, ma mère a rencontré mon père, commente Gila. Dans un train qui l'emmenait se reposer à Karlory Vary, Macha était assise devant David qu'elle avait croisé dix années auparavant dans une fête à Kovno. Elle lui a proposé de partager son repas. Il lui a demandé : "Quel est votre plan pour l'avenir ? Allez-vous rester vivre à Munich ?" Macha s'est enflammée : “Je vais vivre en Palestine.” Il lui a répondu : “Excellente idée.” Un mois après, ils étaient mariés. Deux ans après la libération des camps, Raya et Macha étaient remariées et enceintes. En 1948, Macha, et David, Raya et Elie, avec leurs nouveaux-nés, sont partis vivre en Israël. Gila est née deux après à Tel-Aviv.

En Israël, il fallait tout construire. C’est ce qu’elles ont fait. Je n’ai jamais entendu une seule fois ma mère ou Raya se plaindre, elles étaient pleines d’idées, d’enthousiasme, de projets qu’elles réalisaient. Pourtant, dans les années 50, la vie ici était difficile. Avant de partir vivre en Israël, mon père David s’est fait faire un complet en lin blanc très chic pour son arrivée à Tel-Aviv. Un complet inutile. Les premiers mois, ils ont dormi sous une tente, il pleuvait et faisait froid. Ils avaient cette force en eux. Ils sont tous tombés à nouveau amoureux. Ils ont tout reconstruit de zéro. Les deux sœurs vivaient avec cela, avoir choisi de ne pas mourir avec leurs enfants, avoir choisi de vivre et aussi le poids du sacrifice de leur mère. Elles témoignaient en permanence dans leur vie quotidienne qu'elles avaient, en choisissant de vivre, fait le bon choix. Alors qu'elles étaient dans le Lager en Estonie, que leurs vies étaient détruites, elles se maquillaient les joues d'un peu de sang. Après la guerre, ma mère a repris des études de droit. Le tribunal où elle a été nommée par la suite comme juge était à plus de 80 kilomètres de la maison. Elle n'a pas tenu très longtemps. Elle s'est demandé, qu'est-ce que j'ai envie de faire du reste de ma vie ? Elle a suivi une formation de bibliothécaire. Elle étudiait tard le soir. Elle écrivait des poèmes. Les livres étaient son refuge. Macha et Ginda avaient toujours du mal à supporter ceux qui s'apitoient sur eux-mêmes. Ne crois pas que ce soit de la dureté, on a facilement une bonne raison d'être malheureux, mais on a aussi la possibilité de construire. Elles étaient silencieuses sur les années de guerre, parlaient continuellement de l'avenir. Que faire ? Comment aider ? Quand ta grand-mère Ginda a appris que dans notre lycée nous n'avions pas de bibliothèque, elle a trouvé des financements, a fait dessiner un bâtiment, les meubles. La bibliothèque du lycée de la ville de Herzliya où nous avions emménagé a été construite grâce à elle. Je me souviens encore de mon émerveillement à son inauguration. Chaque élève avait le droit à un petit bureau de lecture éclairé par une lampe en néon. C'est la première fois que je voyais du néon et je trouvais cela si moderne.

— Mais toi, quand tu as su pour Salomé, que tu as appris que ta mère avait choisi de ne pas mourir avec son petit garçon, tu as parlé à Macha ?

— Avec ma mère, nous parlions de tout, je me confiais à elle, elle m'encourageait constamment mais nous n'avons jamais parlé du ghetto, de Kalman, de son premier mari Ulli, de la déportation, du camp en Estonie. J'avais dix-huit ans quand ma mère est morte et depuis il n'y a pas un jour où je ne pense pas à elle. Elle est mon modèle. Je me dis : "Comment aurait-elle agi à ma place ?" Elle était toujours gaie, généreuse, affectueuse, optimiste. Raya est morte en 1951. Elie a élevé seul Benny, le petit garçon né en 1948 à Munich, et il ne savait pas comment s'y prendre. C'était un savant qui s'emmêlait les pieds dans les fils de ses appareils, adoré par ses étudiants. Il gavait son fils de sucreries et ne savait pas préparer un repas. Alors, ma mère lui cuisinait des plats, s'occupait de Benny pendant les vacances. Quand ma mère est morte, j'avais dix-huit ans, cela a été au tour de ta grand-mère de s'occuper de nous. Mais elle vivait à Paris, nous à Herzliya. Nous nous sommes retrouvées seules au monde, comme toi quand tes parents sont morts beaucoup trop jeunes. Pour ta grand-mère, j'avais le sentiment que nous étions infiniment précieuses. Je devinais pourquoi. Elle assumait ainsi le choix de Raya et Macha, toujours choisir la vie, les enfants, l'avenir. Ginda nous écrivait toutes les semaines, comme elle l'avait fait toute sa vie avec ses sœurs. A elles, elle écrivait en russe et en yiddish, à nous en anglais et en hébreu. Elle a appris l'anglais et l'hébreu pour pouvoir correspondre avec nous. Elle venait nous voir deux fois par an. Elle m'a invitée à Paris chez elle dans son appartement du boulevard Saint-Michel, j'avais dix-neuf ans et elle m'a appris à bien vivre. Elle m'enseignait ses règles de vie : "Même quand tu es seule tu dois faire attention à toi. Quand tu prends un repas seule, mets une jolie nappe, des couverts, prépare un bon repas, sers-toi un verre de vin. N'allume pas la radio, écoute plutôt de la musique. Habille-toi toujours élégamment, parfume-toi, maquille-toi mais pas trop. Quand tu sors et que tu mets des bijoux, enlève toujours une broche, une bague, un bracelet. Moins est mieux que trop. Il faut toujours avoir des fleurs chez soi. Ne sois pas gênée d'aller seule prendre un verre en terrasse d'un café, d'aller au restaurant, au cinéma, au théâtre. Ne te lamente pas parce que tu es seule, profite du café bien chaud, de l'humour du film que tu vas voir, lis, et si tu en es capable écris, écris des lettres, écris des poèmes, si tu peux des livres, ne pense pas à ce que tu n'as pas." Aujourd'hui alors que je suis mariée, mère de trois enfants, je respecte toujours ses conseils. Je fais attention que tout soit joli à la maison, j'écris des poèmes. Mais s'il te plaît, ma petite nièce si élégante de Paris, ne regarde pas mes ongles, je n'ai pas eu le temps de m'en occuper. Ta grand-mère Ginda m'a appris à bien vivre. Et toi, tu es si jolie, si élégante, une vraie petite Parisienne avec ses peines de cœur. Profite de chaque moment de ta vie. Nous sommes dans ce jardin, bois ton thé, profite, profite, ajoute du sucre si tu veux. Ecoute-moi ma petite cousine parisienne, tu es vivante, ne laisse aucun plaisir de côté. Ce garçon qui te plaît tant, appelle-le.

— J'ai peur de tout perdre à nouveau. Je n'ai même pas le courage de faire le voyage vers Poniwej et Kovno.

— N'y va pas. Je suis allée à Poniwej, je voulais voir la maison de notre famille. Un centre sportif très laid a été construit à la place. Rien dans cette petite ville ne rappelle qu'une communauté juive y a vécu pendant plusieurs siècles puis a été détruite. Comme Pierre, j'ai demandé, après la fin de l'empire soviétique, s'il était possible de récupérer cette maison, ainsi que celle de mon père, il m'a été répondu que cela était impossible car nous n'étions plus des citoyens lituaniens. Plus rien ne nous attend là-bas. »

Gila me parlait, je prenais des notes, sa voix était inchangée et je n'avais pas remarqué que des larmes coulaient sur son visage. Elle me dit : « Ce n'est rien », et elle s'essuie avec un mouchoir. Elle s'inquiète de la suite de mon voyage. Je vais visiter la Cisjordanie. « Tu vas vraiment dormir à Ramallah ? Tu vas leur dire que tu es juive ? »

Le lendemain soir, je lui téléphone de l'hôtel Movenpick de Ramallah, je lui raconte le dîner dans une pizzeria, le verre dans un café branché, les filles en minijupe, la gentillesse et la curiosité des Palestiniens à mon égard. Je ne lui raconte pas la visite au centre culturel Khalil Sakakini. Le directeur me fait visiter le bureau de Mahmoud Darwich. Il témoigne de la dernière Intifada, comment les soldats israéliens ont détruit les portes anciennes, ont jeté à terre les livres du poète et ont pissé dessus.

Gila a prévenu Benny que j'étais là et que j'espérais le voir. Benny est le fils de Raya. Nous avons rendez-vous à Haïfa, la belle ville blanche au bord de la mer où Israéliens et Palestiniens cohabitent. La dernière fois que j'ai vu Benny, j'avais douze ans, c'était mon premier voyage en Israël. Je n'en revenais pas : « Tous les gens qui vivent ici sont juifs ? » Je les regardais avec curiosité, il y en avait de toutes sortes, des vendeurs de falafels ambulants, des conducteurs de bus, des réceptionnistes d'hôtels. Tous les Juifs que je connaissais en France étaient médecins, psychanalystes ou professeurs d'université, déprimés, trouvant le *gefilte fish* délicieux, se moquant des goys, incapables de mener une conversation sans que les mots « Juif » et « camp de concentration » ne s'introduisent toutes les cinq minutes, angoissés, paranoïaques, chiants, voulant coucher avec toutes les filles, cuisine exécrable, pommes de terre bouillies, compote de fruits secs, carpes farcies, harengs rabougris, constipés et obsédés par leurs problèmes intestinaux, en parlant tout le temps comme si c'était un sujet de conversation valable, insomniaques, se lamentant pour des choses ridicules, malheureux, seuls, dix ans d'analyse, aucun résultat, pessimistes, il n'y aura plus de place au cinéma, au restaurant, dans le train, à l'hôtel, car tu n'as pas réservé, raides, incapables de tendresse, incapables de faire un compliment, détestant la terre entière, surtout leur belle fille, méprisant les séfarades, fait toujours trop froid, ne s'en sortent jamais, ne parlant pas, coupables, parfois drôles, peur de tout.

Je me souviens de la stupeur de mon amie Caroline quand elle a découvert, à vingt ans, que pour ses amis juifs, elle appartenait à la catégorie « goy ».

Benny, le fils de Raya, vit dans la banlieue d'Haïfa. Il m'invite au restaurant, commande un plat à partager avec sa femme, il me dit :

« Nous suivons un régime. »

Je fais semblant de le croire.

Benny porte une barbe, les cheveux longs et gris attachés en queue-de-cheval, une ample chemise beige sans col. Benny fabrique des objets publicitaires et sort de sa besace des stylos en plastique violet, rouge, vert, bleu vif, un cahier avec calculatrice solaire intégrée, un porte-clés avec jeton pour caddy et lampe de poche.

« Pour toi et tes enfants. »

Sa femme le regarde avec admiration sortir de son sac toutes ses offrandes et s'exclame :

« Benny, c'est le père Noël. »

Il regarde sa femme avec tendresse puis me sourit, gêné devant tant d'affection. Il a les yeux malicieux de sa sœur Salomé. Benny ne savait pas que sa mère avait eu une petite fille avant la guerre, qu'elle s'appelait Salomé, que sa mère avait choisi de vivre. Sa mère est morte, il avait cinq ans. Il a su qu'il avait eu une petite sœur morte pendant la guerre en 2003, quelques jours après la naissance de ma fille. Quand ma Salomé est née, Gila a téléphoné à Benny pour lui raconter cette petite fille née en France dans le XVIe arrondissement de Paris qui portait le nom de sa sœur dont il ne connaissait pas l'existence.

Benny me raconte l'histoire de son père Elie. Elie que mon oncle Pierre regardait avec tant d'admiration, « L'homme le plus charmant et drôle que j'aie jamais rencontré ». Elie a eu deux enfants avant la guerre. Un garçon et une fille. La petite fille s'appelait Shulamit. Le jour de la sélection dans le ghetto de Vilnius, elle avait quatorze ans, elle pouvait presque passer pour une adulte et espérer partir à gauche, vers le camp de travail. Elie lui a trouvé un costume d'homme, l'a déguisée en jeune garçon, priant qu'ainsi elle puisse passer pour un jeune travailleur. Il ne pouvait rien pour son fils de huit ans. Shulamit était dans la file dans son costume trop grand avec son père et son petit frère attendant la sélection. Une mère était devant elle, un bébé de quelques mois dans les bras. Il était né dans le ghetto. Les naissances dans le ghetto étaient interdites mais cela arrivait. Benny ne sait pas si ce bébé était une fille ou un garçon. Shulamit s'est emparée du bébé et de son petit frère, et s'est présentée ainsi devant celui qui sélectionnait les travailleurs d'un côté, les mères, leurs enfants, de l'autre. Shulamit s'est fait passer pour la mère du bébé. Elle a été tuée avec le bébé dans ses bras et son petit frère. La mère de l'enfant a été sauvée.

Benny précise :

« Ce n'est pas un cas isolé, de nombreuses adolescentes ont agi ainsi, se sacrifiant pour sauver des mères. »

Des mères qui voulaient vivre.

Ces mères qui voulaient vivre, quel genre de mère étaient-elles ? Affectueuses et tendres, inquiètes et étouffantes ? Etaient-elles comme moi à trouver que le petit cheval de bois du manège met toujours trop de temps à réapparaître ?

Quand mon fils est né, la nuit, j'allais vérifier qu'il était toujours vivant. J'ouvrais la porte de sa chambre, persuadée que ma vie était sur le point de sombrer. Je soulevais la petite couverture. Il était chaud, son cœur battait, c'était miraculeux. Et je me répétais et continue à me répéter toutes les nuits et tous les jours : « Et si mon enfant meurt, est-ce que je pourrai continuer à vivre ? »

Toutes les mères se posent cette question, comme Macha, comme Raya. A Munich après la guerre, elles n'ont pas menti à leur sœur Ginda. Elles ont raconté la vérité, comment elles avaient toutes les deux choisi de vivre.

A Munich, Ginda ne commente pas, ne s'exclame pas, ne juge pas. Elle portera désormais la douleur de ses sœurs comme la sienne, espérant ainsi les soulager. Elle rentre à Paris au printemps 1946, retrouver son mari Simkha, sa fille de quatorze ans, Hélène, son fils de neuf ans, Pierre. Elle se tait. Ginda ne dit rien à son mari, elle a si peur que Simkha ne comprenne pas. Simkha sent que ce voyage a transformé sa femme, plus rien n'intéresse Ginda, ses enfants, même son fils Pierre, si drôle et si intelligent, ne l'amusent plus. Elle a renoncé à la sensualité, ce n'est qu'à la naissance de ses petits-enfants qu'elle pourra à nouveau ouvrir ses bras tendres. Elle ne peut plus.

La fin de la guerre apporte peu de consolations. En 1946, ma mère Hélène a quatorze ans, elle était allée petite fille, avant la guerre, en vacances en Lituanie, avait pris sa nouvelle cousine Salomé dans ses bras, l'avait chatouillée, embrassée. Ginda concède à Hélène : « Ta grand-mère, ta cousine et ton cousin ont disparu. Tes tantes ont survécu. » Ginda n'ajoute rien.

Hélène est adolescente, elle ne comprend pas le silence de sa mère, pourquoi ne lui raconte-elle pas ce qu'elle sait, pourquoi ne lui parle-t-elle pas de sa cousine Salomé ? Est-ce que les adultes se fichent de ce qui est arrivé aux enfants pendant la guerre ? Elle garde en elle Salomé puisque personne n'en parle. Hélène ne sait pas que Ginda fait tant d'efforts pour cacher son désespoir. Ginda et Hélène se séparent ainsi sans comprendre qu'elles sont si proches dans ce qui les terrifie. Toute sa vie Hélène agira ainsi, cachant les choses, silencieuse, espérant qu'ainsi le malheur s'étouffera de lui-même. Hélène se croit seule avec cette douleur, la mort de cette petite fille *unique*. Sa vie se restreint à cette douleur. En 1998, elle me parle pour la première fois de Salomé, sa cousine « dont il ne reste rien », elle m'avoue cette faute terrible, avoir laissé cette petite fille, Salomé, ce petit garçon, Kalman, soixante ans dans le silence.

Le 14 octobre 2011, j'ai trouvé sur internet un aller-retour Paris-Kovno pour 79 euros qui m'a finalement coûté 420 euros car juste après avoir payé j'ai réalisé que les dates n'étaient pas les bonnes. J'arrivais à Kovno le 29 octobre, or il fallait que j'y sois le 28 octobre 2011, soixante-dix ans jour pour jour après la première grande « Aktion » du ghetto qui avait eu lieu le 28 octobre 1941. Pour 420 euros, j'aurais pu aller à Rome. A Rome, la météo prévoyait pour le 28 octobre 2011 une température de 24 degrés. J'aurais pu me mettre en maillot de bain, envoyer des textos à W. Cela ne me disait rien. Je voulais aller à Kovno, dans les rues qui délimitent son ancien ghetto, autour de la place de la Démocratie. Pendant les douze jours précédant le départ, tout se mélangeait, je n'arrivais pas à m'endormir, les dizaines de milliers de morts du Neuvième Fort, Helmut Rauca et son geste à droite, à gauche, le tambourin de Salomé Bernstein, la nuit que j'avais passée avec W. Il répétait mon prénom pendant l'amour. Le 26 octobre, dans le bus qui m'emmenait à l'aéroport de Beauvais, je me disais : « Est-ce que W. va me trouver courageuse ? Est-ce qu'il va tomber amoureux de moi parce que je prends le car pour l'aéroport de Beauvais, un car avec ceintures de sécurité et steward. Est-ce qu'il va tomber amoureux de moi parce que je prends l'avion pour Kovno ? Est-ce qu'il ne serait pas davantage séduit par une fille qui va à Odessa, la ville de l'aristocratie juive cosmopolite, ou à Vilnius ? » Ce serait plus chic d'avoir une famille qui vient de Vilnius, dont le ghetto juif est devenu selon un guide touristique distribué par l'ambassade de Lituanie « le quartier le plus prestigieux de la ville, où les prix de l'immobilier sont les plus élevés. Dans ses ruelles où vivent des artistes, on trouve de nombreux bars et restaurants à la mode ». Oui ce serait mieux d'aller à

Vilnius. Comment un homme comme W., un homme qui est le plus intelligent et le plus drôle que j'aie jamais rencontré, qui a lu presque tous les livres, peut-il tomber amoureux d'une fille qui prend l'avion pour Kovno ? A la rigueur, si je prenais l'avion pour Vilnius, mais Kovno. Un homme aussi raffiné peut-il s'intéresser une seconde à une fille dont la grand-mère ne vient même pas de Kovno mais d'une ville encore plus moyenne, à 70 kilomètres et qui s'appelle Poniwej. Peut-être qu'il peut avoir envie de coucher avec elle mais pas plus. Il m'a annoncé qu'une fille qui lit en maillot de bain rouge *La Mort des Juifs* de Nadine Fresco et qui cache le titre du livre, il pourrait tomber amoureux d'elle.

Cela a commencé dans l'avion, j'étais assise à côté d'une femme lituanienne d'une cinquantaine d'années, genre brune pleine d'entrain. Elle parlait français, je lui ai raconté mon voyage. Ma grand-mère, ses sœurs, le ghetto. Elle a répliqué : « Je ne parle pas pour vous, votre démarche est certainement respectable, mais j'en ai marre de cette diaspora juive qui exploite le business de la Shoah. » Et là, elle a développé une argumentation en six points.

1. On en a marre de s'excuser pour ce qui est arrivé aux Juifs pendant la guerre.
2. Les Juifs avant la guerre étaient très heureux en Lituanie et il n'y avait pas de pogroms.
3. Les Lituaniens ne sont pas responsables de ce qui est arrivé d'« horrible » aux Juifs pendant la guerre.
4. Dans toutes les familles lituaniennes, il y a au moins un déporté dans un camp soviétique.
5. Avant la guerre, il y avait beaucoup de Juifs communistes.
6. Après la guerre, il y avait beaucoup de Juifs dans la nomenklatura soviétique et certains ont bien profité de l'occupation.

J'ai acquiescé, « Oui, madame, je comprends très bien ». W. aurait pris dans son sac *La Mort des Juifs* de Nadine Fresco, il lui aurait montré le livre, l'aurait lu devant elle sans se cacher et puis il lui aurait répondu cela :

1. La communauté juive a participé à

l'indépendance de la Lituanie en 1922. L'ère démocratique et libérale a duré deux ans, puis le nouveau gouvernement nationaliste et autoritaire qui a pris de force le pouvoir en 1926, a supprimé le ministère aux Affaires juives et le Conseil juif national, a mis fin à la participation des Juifs aux institutions politiques avec l'instauration des quotas pour les Juifs dans les fonctions administratives et à l'université.

2. Entre 1939 et 1941, les Soviétiques ont nationalisé 80 % des entreprises détenues par des Juifs, ont interdit les écoles juives, les associations juives, l'utilisation de l'hébreu et ont supprimé les quotas d'entrée à l'université et dans l'administration.

3. Parmi les 30 000 déportés lituaniens en 1940 vers les camps soviétiques, plus de 4 000 étaient Juifs.

4. La propagande nazie a si bien fonctionné, « les Juifs collaboraient avec les Soviétiques », qu'avant même l'arrivée des troupes allemandes, des partisans lituaniens ont organisé des pogroms à Kovno.

5. Les Lituaniens ont souffert de l'occupation soviétique à nouveau après la guerre.

Une douleur n'efface pas l'autre. Des faits qui s'opposent peuvent être justes malgré leur contradiction. Des Lituaniens ont collaboré avec les nazis et ont tué des Juifs, des Juifs étaient communistes et ont salué l'arrivée de l'armée rouge. Les Soviétiques ont combattu les nazis et tué et déporté des Lituaniens dans des camps en Sibérie. Les Soviétiques ont été les premiers à effectuer un travail de recensement des Juifs exterminés par les Einsatzgruppen, ils ont tué et déporté des Juifs dans des camps en Sibérie. En Lituanie, les peines se sont ajoutées les unes aux autres.

Ce voyage commence aussi là, sur le tarmac de l'aéroport de Kovno, aéroport provincial. On descend de l'avion, on marche jusqu'à l'aérogare. On les appelait les *aerodromchshiks*, le prolétariat du ghetto, image de la hiérarchie sociale dans le ghetto, en bas « ceux de l'aérodrome » en haut, ceux du gouvernement, leurs familles, les policiers, mieux nourris, mieux logés. Slobodka était le quartier du ghetto le plus pauvre avant la guerre, construit de petites maisons en bois, sans eau ni électricité, mais il y avait aussi quelques immeubles en dur, avec des appartements. Ce n'est pas là qu'étaient logés les *aerodromchshiks*. Les plus pauvres, ceux qui avaient été choisis pour le travail le plus pénible, reconstruire la piste de l'aéroport détruite par l'aviation nazie. Douze heures par jour, sans nourriture, à creuser, aplanir, sous la neige, dans le froid. Personne ne voulait aller travailler à l'aérodrome. Il a fallu désigner cinq mille pauvres hommes. Peut-être qu'il s'agit d'un autre aéroport de Kovno. Pourtant la présence de ces *aerodromchshiks,* de cette injustice dans l'injustice pénètre chacun de mes pas sur le tarmac vers l'aérogare de Kovno.

Ginda parlait russe, yiddish, français, hébreu, couramment. J'étais impressionnée. Je comptais avec elle, elle oubliait une langue. En fait, elle en parlait cinq. Elle avait oublié le lituanien. Comment peux-tu oublier une langue dans laquelle tu as passé ton baccalauréat ? Ginda répondait, c'est comme cela. A la fin de sa vie, elle ne parlait plus que russe. Quand elle nommait les villes de son enfance, elle les nommait en yiddish et non en lituanien. Kaunas, c'était Kovno, pour Panevesys, c'était Poniwej. Les noms de famille et les prénoms sont aussi doubles. Les papiers officiels sont en lituanien, mais on prononce les noms en russe ou en yiddish. Girshovitz en yiddish, Girsovicius en lituanien. Ginda avait insisté auprès de son fils, d'un côté, il y avait les Lituaniens, de l'autre les Juifs. On ne se mélangeait pas.

Raya, Macha, Glinda et Nahum se parlaient en yiddish et en russe ou dans un mélange des deux langues. Est-ce que les Lituaniens voyaient cela, l'utilisation comme langue courante par les Juifs du russe et du yiddish, comme une trahison ? Le russe étant la langue de l'envahisseur. Les Russes avaient occupé la Lituanie au XXe siècle puis en 1939 et à nouveau en 1945, occupant « notre âme, notre langue, notre foi » comme me l'a expliqué un jeune guide de musée à Kovno. Est-ce que je vais oser avouer la raison de mon voyage ? Leur expliquer que ma grand-mère élevée en Lituanie jusqu'à l'âge de vingt ans en avait oublié la langue, le lituanien ? Qu'elle était juive, de culture russe, qu'elle possédait chez elle un samovar, buvait du thé dans un verre à anse, préparait de la Kacha et que la dernière langue qu'elle possédait alors qu'elle avait perdu « toute sa tête » était le russe ? Le russe, la langue et la culture, détestées par les Lituaniens.

Je suis méfiante, il ne faut pas que je dise que je suis juive. Avant mon départ, mes amis me conseillent : « Ne dis pas que tu es juive », « N'oublie pas : 95 % de la communauté juive de Lituanie a disparu, les Lituaniens sont antisémites », « Ne pars pas seule ».

Pierre me raconte un dîner avec des universitaires lituaniens à Kovno. « Toute la soirée, ils ont rappelé les horreurs de l'occupation soviétique, je ne doutais pas de leur sincérité mais j'étais mal à l'aise. » A Kovno, un jeune guide, il s'appelle Robert, il est grand et blond, porte de fines lunettes, me fait visiter le musée du Neuvième Fort consacré à la guerre et à l'occupation soviétique. Je suis méfiante, il va me parler de la résistance des partisans lituaniens à l'occupation nazie puis soviétique, il va me montrer les photos des camps en Sibérie où furent déportés plus de 80 000 citoyens lituaniens, il va me parler des gentils Lituaniens qui ont sauvé des Juifs, il va me montrer la sculpture en béton commémorant les victimes de la guerre, avec cette inscription absurde, « ici des gens ont été tués et brûlés », comme si le mot de « Juif » était de trop, il va me montrer les photos de quarante-six intellectuels lituaniens résistants tués au Neuvième Fort en octobre 1943, des résistants lituaniens qui ont été déportés au camp de Stutthof, des photos des officiers lituaniens déportés après la guerre dans les camps en Sibérie, à Krasnoyarsk et à Kolyma, de ce jeune homme, avec les copies de ses bulletins de classe, ses lunettes, sa guitare, qui s'est immolé en 1972 afin de protester contre l'occupation soviétique qui « écrasait notre foi, notre âme, notre culture, notre langue ». Il s'appelait Romantas Kalantas, il avait dix-neuf ans. Oui, il me montre tout cela, je prends des notes, je regarde, je l'entends et puis il me dit : « Il faut que je vous montre le pire, le plus horrible est là », et ses yeux rougissent. Robert, le jeune guide blond, aux lunettes en métal, qui ne parle pas très bien anglais et qui s'en excuse, m'entraîne vers les salles consacrées au ghetto de Kovno. En 1963, des fouilles ont permis d'exhumer les restes du ghetto qui avait été entièrement détruit par les nazis en 1944. Dans une salle du musée du Neuvième Fort sont exposés des chaussures d'enfants, avec barrettes, sans barrettes, certaines devaient être blanches, d'autres beiges, des peignes de toutes tailles, des paires de lunettes, un livre à la couverture illisible. Dans une autre salle sont affichées des photos de famille, des familles avant le ghetto, et à côté, des photos après, des photos de survivants, bien longtemps après avec leurs enfants et leurs petits-enfants en Israël ou aux Etats-Unis. Un mur est consacré aux 805 « Justes » lituaniens, ces citoyens qui ont caché et sauvé des enfants juifs. Le musée avait reconstitué là aussi l'histoire à l'aide de photos. Les photos de famille de ces enfants avant la guerre, les photos des « parents adoptifs » qui avaient accueilli des enfants, des photos longtemps après de ces enfants qui avaient immigré et qui retrouvaient ceux qui les avaient sauvés. Plusieurs centaines d'enfants ont été exfiltrés du ghetto de Kovno pendant la guerre, de tout petits enfants, des bébés, car il fallait pouvoir les cacher dans une valise ou dans un sac. Ils étaient confiés à des familles lituaniennes contre une somme d'argent. C'était un immense risque pour tous, pour les parents, celui de ne jamais revoir leur enfant, de ne pas savoir si leur enfant allait trouver une bonne famille, une famille qui allait bien s'occuper d'eux et pour les parents « adoptifs », cet accueil d'un enfant juif, s'il était découvert, pouvait leur valoir la mort. Robert, le jeune guide lituanien aux yeux rouges, me montre aussi l'ordre daté du 8 août 1941 en lituanien et en allemand cosigné par le maire de Kovno et le commandant militaire de la ville, qui institue le ghetto de Kovno, les rues qui le délimitent et la résidence obligatoire pour les Juifs de Kovno et de ses environs.

Je raconte à Robert, le jeune guide blond, la raison de mon voyage, ma grand-mère, ma cousine Salomé. Il me propose de rencontrer la directrice du musée.

— Oui, on pourrait lui demander de mettre leurs noms quelque part dans le musée, des photos aussi ?

— Oui, oui, bien sûr, cela doit être possible.

Robert a toujours les yeux rouges. La directrice est une jeune femme blonde. Quand nous arrivons dans l'entrée de l'administration du musée, elle a un manteau sur le dos, il est midi et demi, elle sortait déjeuner. Robert et elle se parlent en lituanien en me regardant. Elle enlève son manteau et me propose de la suivre dans son bureau. Elle m'offre une tasse de thé avec un sucre parce qu'il fait si froid dehors, me pose des questions sur l'histoire de ma famille juive qui vient de Poniwej à cent kilomètres de Kovno. Je fais attention de bien prononcer les noms en lituanien et non en russe. Elle me demande les noms de ceux qui sont morts, les dates de naissance et de mort. Elle s'étonne qu'ils aient tenu jusqu'en octobre 1943, qu'ils ne soient pas partis lors de la grande Aktion du 28 octobre 1941. Je raconte mon grand-oncle Nahum qui appartenait au gouvernement du ghetto, ce qui a dû les protéger. Elle approuve. Je lui demande si le 28 octobre 2011, une cérémonie est prévue pour la commémoration de la grande Aktion ? Oui, me dit-elle, nous organisons une cérémonie au musée dimanche 30. La cérémonie rassemblera une soixantaine de personnes dont des représentants de la communauté juive, le directeur de la section lituanienne de l'Ambassade internationale chrétienne à Jérusalem. Elle dit cela avec beaucoup de fierté. Sur le moment, je suis tellement contente qu'elle organise quelque chose, que je l'approuve. « Very good. » Elle inscrira dans le registre du musée les noms de Mary Girshovitz, Salomé Bernstein et Kalman Blumberg, avec leurs dates approximatives de naissance et de mort afin qu'il reste quelque chose d'eux en Lituanie. Je suis euphorique. Je me dis, si ma mère me téléphonait, elle serait contente, peut-être qu'elle serait fière de moi et elle me le dirait. Elle ne serait plus silencieuse, elle me dirait même, je suis fière de toi. J'effectue quelques pas de danse sur le parking du musée.

Sur la route qui mène vers Poniwej, je suis enchantée, comme si j'allais à un rendez-vous avec un amoureux. Je vais voir la petite ville où ont grandi et ont été heureux Raya, Macha, Nahum et ma grand-mère Ginda. Des hêtres, des bouleaux, des petites maisons en bois avec leur véranda, quelques vaches, des immeubles en béton pas si laids, d'énormes églises en briques rouges, sur la route séparant Kovno de Poniwej. Qu'est-ce que j'imagine de cette maison ? Ginda m'avait dit qu'elle était sur la place principale, transformée en siège du Parti à l'époque soviétique, Gila avait vu à la place un centre sportif. J'aimerais que ce soit une solide maison en bois, avec un porche. Poniwej est une petite ville moderne, des petits immeubles, quelques rares maisons en bois, une banque, un dentiste, un supermarché. Pierre m'a envoyé l'adresse, 3 rue Ramygalos, et même le numéro de téléphone. Les Girshovitz faisaient partie des deux cents abonnés au téléphone en 1932 à Poniwej. Je compte les numéros sur la rue Ramygalos, sans trouver le numéro trois. Au coin de la rue et d'une place en longueur bordée de hêtres, celle que le guide *Lonely Planet* trouve « agréable en été et d'une infinie tristesse le reste de l'année, entourée de boutiques et cafés quelconques » et que je trouve en cette fin octobre charmante, se trouve le bâtiment municipal, dans un faux style ancien, bois, toit en pente, jolies fenêtres. A l'entrée, une gardienne qui ne parle pas anglais me propose de patienter d'un geste de la main et de l'autre me désigne une femme qui me tend sa carte. Elle est en charge des relations au public de la mairie. Je lui répète mon histoire en l'arrangeant un peu, je viens de Paris exprès pour voir la maison natale de ma grand-mère. Je lui donne l'adresse, 3 rue Ramygalos. Elle me fait monter dans son bureau et m'indique par la fenêtre : « Les numéros pairs sont en face, nous sommes au début de la rue. La maison de votre grand-mère a dû être détruite afin de permettre la construction de ce bâtiment. Je peux demander aux services des archives de la ville de vous envoyer des photos de la maison, laissez votre adresse. » Elle me montre des cartes postales de Poniwej avant, les maisons de bois avec leur véranda, les commerces comme dans une petite ville du Far West. Et tout à coup, je me suis souvenue de cet avertissement : « Les Lituaniens craignent beaucoup les demandes de réparation pour les biens qui ont été aryanisés ou nationalisés, surtout n'exige rien. » J'ai pris ma tête la plus discrète possible afin que personne ne me soupçonne de vouloir faire valoir des droits sur le terrain sur lequel avait été construite la mairie. J'ai salué la chargée des relations avec le public de la mairie de Poniwej qui m'a conseillé d'aller prendre un café sur la place. Un salon de thé où de jolies lycéennes, blondes et brunes, boivent des cappuccinos et mangent des gâteaux à la crème. Un salon de thé qui existait avant la guerre, avec ses boiseries et son parquet, les cadres aux murs. C'était un salon pour les Juifs ou pour les Lituaniens ? On ne se mélangeait pas, on ne se fréquentait pas, on restait entre soi, justifiait ma grand-mère Ginda. Aujourd'hui, 96 % de la population de Poniwej est lituanienne.

La première grande Aktion à Kovno où 9 230 personnes ont été sélectionnées sur 27 000 a eu lieu le 28 octobre 1941. L'Aktion où sont partis Salomé Bernstein, Kalman Blumberg, Mary Girshovitz, le 26 octobre 1943. Ce jour-là, 2 709 personnes ont été envoyées vers la mort.

Dans son journal, Avraham Tory raconte les Aktions du 28 octobre 1941 et du 26 octobre 1943. Avraham Tory était le secrétaire général du conseil du ghetto de Kovno. Il a tenu son journal, du début à la fin de la guerre. Il cite brièvement mon oncle Nahum : « Nahum Girshovitz a quitté la pièce après avoir entendu les ordres » ou « Nous cherchions une solution au problème de logement. Nahum Girshovitz était présent ». Nahum appartenait au conseil du ghetto, il était en charge du logement, sans jouer un rôle majeur. Avraham Tory détaille ces journées de sélection. Le 28 octobre 1941 il neigeait. Près de trente mille personnes, femmes, enfants, personnes âgées, attendaient de passer devant Helmut Rauca. Helmut Rauca était souriant, « il a mangé plusieurs sandwichs enveloppés dans du papier ciré sans cesser de pointer à gauche, à droite ». Toutes les demi-heures, il exigeait « faites-moi le compte, faites-moi le compte. J'ai besoin d'avoir des chiffres précis ». A la fin de la journée, sur la place, il restait une dizaine de chaises sur lesquelles s'étaient assises les plus âgées et aussi des petits manteaux d'enfants qui n'avaient plus d'utilité.

Cette place de la Démocratie se trouve de l'autre côté du fleuve qui traverse Kovno, dans les faubourgs de la ville. Le chauffeur de taxi ne s'étonne pas qu'une touriste étrangère lui demande de la déposer de l'autre côté du fleuve. Il ne parle pas anglais, je ne parle pas lituanien ; depuis hier nous communiquons par signe. Je ne connais pas son nom. Nous nous sommes mis d'accord pour un prix. Le musée du

Neuvième Fort, Poniwej, la place de la Démocratie, l'hôtel, l'aéroport, combien ? Il m'a dit un prix, en litas, la monnaie lituanienne. Je n'ai pas discuté. Le montant échangé en euros était raisonnable. Après je me suis dit, s'il comprend que je suis juive, il va croire que ces Juifs sont vraiment riches à ne pas négocier le prix de deux jours de taxi. Il avait une tête de type gentil, avec sa vieille Mercedes beige qu'il conduisait prudemment, dépassant les tracteurs sur la route, certain vraiment qu'aucune voiture ne venait en face. Il ne m'a posé aucune question. J'ai tenté de lui expliquer avec les mains, « Grandmother from Poniwej », « Ghetto ». Il secouait sa grosse tête moustachue, *nein*, *nein*. Il n'a pas été étonné quand je lui ai demandé de s'arrêter à l'entrée de ce qui devait être le ghetto, devant un petit monument en pierre gravé de quelques mots en hébreu et en lituanien. Des petites pierres blanches et quelques bougies étaient placées devant. Il n'a pas été étonné non plus que je le prenne en photo ainsi que les petits immeubles en béton, les minuscules maisons des rues voisines en bois peintes en vert, jaune, rouge, leur toit en tôle. Nous avons fait le tour des rues qui délimitaient le ghetto, les rues Panerai, Jurbarko et Democraty. Au centre, une sorte de grande aire, avec quelques jeux pour enfants en métal rouge, des grands pans en béton plissé posés sur une sorte de monticule herbeux. Trois jeunes filles fument des cigarettes. Voilà, c'est ici la place de la Démocratie, soixante-dix ans après la grande Aktion du 28 octobre 1941, soixante-huit ans après celle qui a emporté Salomé Bernstein, Kalman Blumberg, Mary Girshovitz. Je demande aux jeunes filles : « C'est un monument pour commémorer le ghetto ? » Les jeunes filles ne parlent pas anglais. Je fais le tour de la place, espérant trouver un petit groupe de vieux et jeunes Juifs, leurs enfants et petits-enfants, récitant la prière des morts ou même un vieux Juif, tout seul, priant. Une dame traîne un cabas de commissions vert. Une autre dame traîne un autre cabas d'une autre couleur. Je tente de m'adresser à la dame au cabas vert. Elle ne parle pas anglais. Je retrouve le chauffeur de taxi qui me regarde avec un air compatissant, d'un geste de la main, il me propose de refaire le tour de la place. Je lui indique les pans en béton ondulé qui ont l'air de commémorer quelque chose de grave. Il hoche la tête « Sovietik, Sovietik ». C'est un monument élevé à la tristesse de l'occupation soviétique. Il a l'air aussi déçu que moi. Il ne reste rien du ghetto de Kovno soixante-dix ans après, seule une pierre blanche gravée rappelle que trente mille personnes ont attendu ici la mort. Il roule très doucement, nous refaisons le tour du ghetto, des rues Democraty, Panerai et Jurbarko, le long du fleuve, la place bordée des immeubles de béton. Un quartier qui paraît abandonné. Quelques passants, des rideaux aux fenêtres, de la fumée, marquent qu'il y a bien des vies ici. Une autre vie. Les petites maisons en bois paraissent encore plus vides. Elles sont les seules à rappeler ces vies d'avant la guerre, ce quartier modeste de Slobodka, pourtant célèbre pour ses écoles talmudiques, il y en avait dix, rien que dans ce quartier, et aussi une université. Rien ne reste de tout cela. A l'époque du ghetto, un hôpital, une école, un théâtre, une bibliothèque, les journées entières debout à attendre la sélection, à gauche, à droite. Il y a soixante-dix ans, jour pour jour, 9 200 sont partis à gauche. Rien ne reste de tout cela.

Le chauffeur a-t-il compris pourquoi hier j'étais euphorique devant le parking du musée, je chantais dans la voiture vers Poniwej, et qu'aujourd'hui, je suis seule au monde ? Il penche la tête, comment me consoler ? Il imite le geste de se nourrir, j'acquiesce de la tête. Je lui montre la page « manger » du guide *Lonely Planet.* Il réfléchit. Il va me conduire au bon endroit, bien s'occuper de moi. Un café avec des serveuses à tresse blonde servent du thé, du bortsch, sur une jolie table en bois. Je reconnais aussi le pain au cumin, les pommes de terre bouillies, la crème fraîche épaisse servie avec le bouillon de betterave, les petits pains à la viande, des crêpes de pomme de terre, les *latkes* que Myriam avait tenté de confectionner pour son mariage célébré dans le ghetto en mars 1942 avec les pelures des pommes de terre. Oui, tout cela est familier. Il ne reste rien du ghetto de Kovno, une pierre gravée en hébreu, 1941-1944, les minuscules maisons de bois, peintes de couleurs vives et abîmées, portent en elles un sentiment d'abandon. De nouveaux habitants s'y sont installés après la guerre, il ne leur est rien arrivé de bon, l'occupation soviétique, puis l'indépendance et le capitalisme qui n'a apporté dans ce quartier pauvre de Kovno que davantage de misère. Dans le restaurant de Kovno, un groupe d'hommes d'affaires fête quelque chose. Ils boivent de la vodka. Ils sont habillés en noir. La serveuse m'apporte une bouteille de champagne, offerte par un des types en jean et pull noir. Je me lève pour les remercier, je me dis, voilà, je vais leur confier pourquoi je suis ici, ils vont me révéler comment c'était de grandir sous occupation soviétique. Le type en noir me regarde. Je balbutie : « Thank you very much. » Il répond : « Yes, yes. » Je répète : « Thank you. » Il répète : « Yes, yes. » Je ne sais pas quoi faire. La serveuse me tire en arrière par l'épaule : « He's drunk, don't worry. » Cela n'a aucun sens, c'est absurde. Je suis seule à Kovno, pour le soixante-dixième anniversaire de la grande Aktion du ghetto de Kovno, un des premiers actes d'exécution massive de Juifs de la Seconde Guerre mondiale. Je suis debout, devant moi cette tablée d'hommes enfermés dans l'alcool, à une autre table, qui est celle où j'ai dîné, cette bouteille de champagne à peine entamée, cela n'a aucun sens, à part la terrible solitude de chacun, notre mémoire abîmée.

Le dimanche, une commémoration présidée par un pasteur ambassadeur des chrétiens de Jérusalem pour le soixante-dixième anniversaire est organisée au musée du Neuvième Fort. De la vie et de la mort de mon arrière-grand-mère Mary, de Salomé et de Kalman, il ne reste aucune trace. D'août 1943 à décembre 1943 les nazis ordonnent que les corps soient brûlés. Des déportés de camps voisins sont acheminés à Kovno pour cette tâche. Que reste-t-il ici comme traces de cette vie d'avant, d'une petite fille nommée Salomé Bernstein jouant avec son tambourin ? Gila avait-elle raison quand elle m'avait découragée de me rendre en Lituanie ? – « Il ne reste rien. » Je cherchais dans ma vie d'aujourd'hui des traces de ce passé et n'en voyais que des effets minuscules, je cherche ici les mêmes traces, je les vois partout. Dans les silhouettes de travailleurs sur le tarmac de l'aéroport, dans celles des femmes à cabas sortant des maisons en bois de la rue Democraty, dans ces adolescentes assises sur un monument à la signification vague, dans le visage de ces hommes impuissants qui tentent d'oublier qu'ici personne n'a tué et n'a été tué.

Ma grand-mère Ginda est morte en 2007 à l'âge de cent deux ans, ma mère Hélène en 2001, elle avait soixante-neuf ans. J'entends toujours leurs voix douces et tristes mêlées à cet accent de gaieté quand elles prononçaient les prénoms de Raya et Macha. Car de ces femmes si vivantes, Hélène et Ginda ne pouvaient évoquer le souvenir sans rappeler cela, Raya et Macha, après la mort de Salomé et Kalman avaient choisi la vie et l'amour, quand elles, Hélène et Ginda, avaient par ces mêmes morts, renoncé, en partie, à la vie et à l'amour.

Après la guerre, Myriam et Nahum ont eu deux enfants, Samuel et Faye. Samuel s'est marié à Lenny, ils sont les parents de Jason et Marpessa et les grands parents de Josh et Tom. Faye et son mari Ira sont les parents de Daniel et Nicole. Raya, la mère de Salomé, et Elie Altmann, ont eu un fils, Benny. Benny est le père de Merav et Raya et depuis peu le grand-père de Yaël. Macha et David ont eu deux filles, Miri et Gila, Miri est mariée avec Ran, ils sont les parents de Noah et Shira et les grands parents de Nina et Lili. Gila qui a toujours voulu savoir a épousé Dubi, ils sont les parents d'Aviv, Ben, Hadar. Ben est le père de la petite Lior. Gila m'a dit de sa petite fille : « Je l'aime à en mourir. »

Ce livre était terminé quand ma sœur m'a apporté une photo de Salomé retrouvée dans les affaires de Ginda. Une photo que je n'avais jamais vue. Salomé est en culotte blanche, petits souliers et chaussettes assortis. Elle tient un seau en fer-blanc à la main. De l'autre, elle s'est agrippée à un fauteuil d'enfant. Elle sourit sous le soleil, regardant sur le côté, une jambe légèrement en arrière, l'autre un peu en dedans. Au dos, une mention manuscrite au crayon à papier de l'écriture allongée de Ginda. « Fille de ma sœur Raya déportée », sans autre précision. A l'endroit, sont mentionnés à l'encre bleue, la date et le lieu. « A Panemuné, le 1er juillet 1939 ». Elle a été prise le même jour que celle qui est dans ma chambre, celle de Salomé et de ses parents, à laquelle je demande sans espoir, partez, partez. A l'encre bleue aussi, est inscrit, « Salomea » en majuscule et en allemand cette précision. « 2 Jahre, 4 monate alt ». Deux ans, quatre mois. Salomé Bernstein est née début mars 1937, elle est morte fin octobre 1943. Elle aurait soixante-quinze ans aujourd'hui. Elle est enfin devenue pour moi une absente.

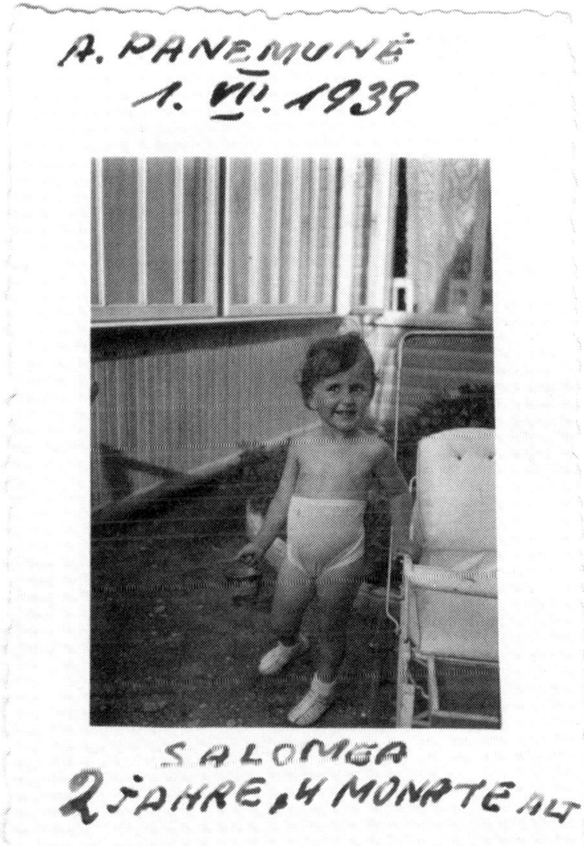

Salomé Bernstein

Je n'aurais pu écrire ce livre seule. Il me faut remercier Pierre Pachet pour ses conseils de lecture et ses encouragements, Myriam Gershwin, Gila Pode, Miri Lerner, Faye Bodenstein, Benny Altmann, Yoav Halevy qui ont pris le temps de me raconter l'histoire de notre famille avec tant de générosité. Gilles Rozier, qui a traduit du yiddish les lettres de Nahum Gershwin, Ginda Pachet, Raya Altmann et Macha Blunberg. Manon Loizeau, Musa Gorina, Nadia Turincev, Pierre Pachet qui ont traduit les poèmes et les lettres du russe, les historiens Laurent Joly, Michaël Prazan et Nadine Fresco pour leurs conseils, Sophie Avon, Laurence de Cambronne, Antoine Silber, Isabelle et Thierry Consigny, Juliette Bachet, Bali Barret, Charline Bourgeois-Tacquet, Sandrine Brauer, Marine Doisy, Yves Harté, Juliette Joste, Martine Saada, Jean-Noël Pancrazi pour leur gentillesse, Manuel Carcassonne pour sa patience.

BIBLIOGRAPHIE

Des hommes ordinaires, Christopher Browning, les Belles Lettres

L'Autre Fille, Annie Ernaux, éditions Nil

Mesure de nos jours, Charlotte Delbo, Les éditions de Minuit

La Mort des Juifs, Nadine Fresco, La librairie du XXIe siècle, Seuil

Le Cahier, Aba Gefen, Belfond

Le Livre noir, textes et témoignages réunis par Ilya Ehrenbourg et Vassili Grossman, Solin, Actes Sud

Le Château, Franz Kafka, Gallimard

Philippe, Camille Laurens, P.O.L.

Les Litvaks, Henri Minczeles, Yves Plasseraud, Suzanne Pourchier, La Découverte

Autobiographie de mon père, Pierre Pachet, Autrement

Einsatzgruppen, Michaël Prazan, Seuil

L'Ecriture ou la vie, Jorge Semprun, Gallimard

Surviving the Holocaust, the Kaunas Ghetto Diary, Avraham Tory, introduction de Martin Gilbert, Harvard University Press

Mensonges, Valérie Zenatti, Editions de l'Olivier

Composé par Nord Compo Multimédia
7, rue de Fives, 59650 Villeneuve-d'Ascq

ET ACHEVÉ D'IMPRIMER
PAR NORMANDIE ROTO IMPRESSION S.A.S
À LONRAI EN JUILLET 2012.

PAPIER À BASE DE
FIBRES CERTIFIÉES

Grasset s'engage pour
l'environnement en réduisant
l'empreinte carbone de ses livres.
Celle de cet exemplaire est de :
500 g éq. CO_2
Rendez-vous sur
www.grasset-durable.fr

N° d'édition : 17291 N° d'impression : 122484
Dépôt légal : août 2012
Imprimé en France